아동문학가 이수경의 동화같은 일상 이야기

꽃기린 편지

글 이 수 경

대|경|북|스

꽃기린 편지

1판 1쇄 인쇄 2023년 1월 20일
1판 1쇄 발행 2023년 1월 26일

발행인 김영대
편집디자인 임나영
펴낸 곳 대경북스
등록번호 제 1-1003호
주소 서울시 강동구 천중로42길 45(길동 379-15) 2F
전화 (02) 485-1988, 485-2586~87
팩스 (02) 485-1488
홈페이지 http://www.dkbooks.co.kr
e-mail dkbooks@chol.com

ISBN 978-89-5676-942-4 03810

여기 한 편 한 편 편지가 모였어요. 사랑이 구뜰하게* 담긴 《꽃기린 편지》. 고난의 깊이를 간직한다는 꽃말과 함께 먼 마다가스카르에서 북반구 대한민국으로 와 우리들의 이야기가 되었지요.

내 괴로움은 다 잊고, 상대의 괴로움은 죄 찾아내 품는 사랑, 그 사랑만 채워 《꽃기린 편지》를 엮었어요.

이 편지를 펼치는 순간, 밤늦게까지 집에 돌아가지 않을 때 나를 걱정해 줄 누군가의 사랑이 될 거고요. 외롭지 않게 '함께'가 되고, '서로'가 될 거예요.

《꽃기린 편지》는 내 편이 되고, 나를 성장시킬 위대한 시작이

될 거예요. 나눔과 배려로 가슴이 채워지고, 해석이 아닌 이해를 통해 기쁨을 만나게 될 거예요.

내가 나부터 인정하고, 사랑하게 될 이야기, 괴롭지 않은 긍정의 이야기인 《꽃기린 편지》. 사랑하고, 사랑받기 위해 태어난 우리 모두의 이야기는 씩씩한 마중물이 되어 더 많은 사랑을 끌어올릴 거예요.

생의 마지막 날, 단 하나 간직하고 떠날 수 있는 건 돈도 보석도 아닌 사랑뿐이라지요. 그 사랑을 기꺼이 안겨 준 삼이웃* 독자님들에게 깊은 신뢰와 고마움을 전하며.

약속드려요.

앞으로도 마음을 열고, 따뜻한 사람으로 살겠습니다.

2023년 해오름달 어느 날에

산모롱이 작은 집에서

이수경(은겸) 드림

꽃기린 편지

꽃
기
린

편
지

희망으로
가는
버스

고등학교를 졸업한 아이가 면허를 따겠다며 운전학원에 등록했다. 집 근처 운전학원은 너무 붐벼서 조금 먼 곳을 택해 등록했는데 한 번은 지각을 할 상황이 됐다.

제시간에 못가면 수강비 환불이 안 된다고 다리아랫소리*를 하는데 어쩌겠는가. 내 자동차에 태우고 달려 간신히 지각은 면했다. 그나저나 한 시간이면 끝나니 간 김에 기다렸다 오자 싶어 주차를 한 뒤 내려 서성였다. 그때 보았다. 버스 운전 연습을 하는 몸집이 작은 앳된 청년을 말이다.

스무 살 언저리 청년이 그렇게 큰 버스를 모는 모습이 신기해서 눈길이 자꾸 갔다. 나중에는 무슨 사연이기에 저 나이에 버스 면허를 따려고 할까 궁금했다.

오늘이 처음이 아닌지 잠시 후 시험을 치르는 듯했다. 잔뜩 긴장한 표정으로 버스에 오르던 청년을 나도 모르게 응원했다. 차분하게 끝까지 잘 해낸다 싶더니

"축하합니다! 합격입니다!"

방송이 나오는 거다.

단박에 그 청년이겠구나 싶었다.

'능준하게* 합격했겠구나.' 짐작하는데, 마침 그 청년이 상기된 표정을 지으며 내 쪽으로 걸어오기에 말을 걸었다.

"합격했어요?"

"네! 합격했어요. 백 점 맞았어요!"

'어휴, 축하드립니다. 참말로 축하드려요!"

백 점을 외치며 아이처럼 좋아하는 청년에게 허리를 굽혀 정중하게 축하를 했다. 청년도 허리를 굽히며 "고맙습니다, 고맙습니다." 잔뜩 들떠서 사무실로 들어갔다.

나는 부리나케 주차된 자동차로 향했다. 소형 지퍼백에 담아온 미니어처 초콜릿이 생각났기 때문이다. 마침 초콜릿을 쥐고 돌아서는데 그 청년이 합격증을 들고 오는 거다.

그런 청년에게 내가 불쑥 초콜릿을 내밀었다.

뜻밖의 초콜릿에 잠시 당황하는 청년에게 달콤한 축하 선물이라고 너스레를 떨었다.

곧 보호 종료가 되는 아우가 있다고 했다. 아우와 함께 살려면 돈을 벌어야 한다는 말과 함께 누긋하게* 웃던 그 청년에게 말했다.

무슨 일을 하든 어디서든 주인으로 살라며.

첫 버스를 운전하게 될 때 연락 달라고 서둘러 내 명함도 건넸다. 그 버스가 희망으로 향하는 버스이길 간절히 바라면서 말이다.

따뜻한
세상을
배송합니다

인터넷으로 식용유며 쌀을 주문했는데 뭐지? 함흥차사인 거다. 당일 배송인데다 늘 현관 앞 배송을 했는데 말이다. 더구나 현관 앞 배송했다고 문자 알림까지 왔는데 없는 거다.

몇 번이고 현관문을 열었다 닫았다 확인하고 방화문 밖까지 둘러봐도 없었다. 고민하다가 택배 기사님에게 문자를 보냈더니 어제 배송 완료했다며 다시 확인해 보라는 거다.

그러던 중에 보안요원이 인터폰을 해서는

"세대 물품 같은데 어제부터 공동 현관에 있어서 연락드렸습니다."

나와서 확인하라기에 어머나! 후딱 우리집 아이를 아래층으로 내려 보냈다. 그랬더니 글쎄 참말로 공동 현관 밖에 물건들이 있었나 보다.

우리집 아이가 질질 끌고 들어오기에 기사님에게 문자를 보냈다. 공동 현관에서 찾았다며 걱정하지 말라는 말과 함께.

당장 택배 기사님에게서 전화가 왔다.

"아, 죄송합니다. 물량이 많아 저희 아들을 좀 데리고 나왔는데 거기에 둔 모양입니다. 정말 죄송합니다."

듣고 보니 고등학생 자제가 졸업식을 마친 뒤 아버지를 돕겠다며 따라 나왔다는 거다.

현관 앞 배송이 맞는데 힘들어서 거기 둔 것 같다며 몸 둘 바를 몰라 하는데

"아, 괜찮아요! 괜찮습니다. 그래도 잘 받았으니 됐습니다. 자제 분이 참 기특합니다. 그러니 야단치거나 혼내지 마세요."

몇 번을 당부했다. 그래도 마음이 놓이지 않아서 문자를 보내 당부, 또 당부했다.

그런데 오늘 주문한 고구마 박스 위에 죄송했다는 쪽지가 붙어 있는 거다. 단정한 글씨체를 보니 기사님 자제가 쓴 쪽지 같았다. 나는 기사님 휴대전화로 케이크 하나를 선물로 보냈다.

'늘 수고로움 마다하지 않고 배송해주셨는데 감사 인사를 이렇게라도 드립니다. 더불어 자제 분 졸업도 축하드리고요. 부디 사양 말고 달달한 하루 빚으세요!'

메시지도 넣었다.

사람과 사람을 가장 가깝게 하는 것은 웃음이라 했던가.

그래서 내 환하고 넉넉한 웃음도 함께 넣었다.

만
원

며칠째 팔이 아파 정형외과에 갔다. 유난히 연세 지긋한 어르신들이 많이 찾는 정형외과라 병원 문을 열기도 전에 금세 가득 찼다.

다행히 집에서 일찍 나온 나도 그 대열에 합류할 수 있어서 번호표 2번을 받고 진료시간을 기다리는데 중절모를 쓴 구부정한 할아버지가 접수처로 다가갔다.

"안 돼요. 차례를 기다리셔야 해요."

간호사의 난감한 목소리에 돌아보니 할아버지가 만 원짜리 지폐를 내밀며

"내 어지간하면 말 않겠는데 사정이 있어서 그러오. 1번으로 해주오. 이것 받고."

난색을 표하는 간호사 손에 부득불 만 원을 쥐어 주려는 것이다.

대기실에 앉아 있는 환자들이 대부분 일흔 살이 넘어 보이는 어르신들이고, 대기번호가 벌써 1, 2진료실 모두 25번을 넘기고 있었다.

그때 대기실에 앉아 있던 엄장한* 할아버지 한 분이

"아, 누군 안 바쁘오? 누군 안 아프고? 뇌물을 주다니 안 창피하오?"

버럭 일갈을 했다. 노기등등해서 여차하면 큰소리가 날 것 같은데도 만 원을 들고 섰던 할아버지가 이번에는 대기실을 향해 외쳤다.

"누가 내게 앞 번호 좀 파시오. 만 원 드리리다."

그러나 모두 외면하고 휴대전화 화면에 눈길을 준 채 대꾸가 없었다. 그도 그럴 것이 양보하고 나면 족히 한 시간은 기다려야 했다. 나 역시 그 기다림이 싫어 다른 정형외과로 갔다가 마음먹고 다시 왔는데, 아! 운명의 장난이여.

나는 자리에서 주춤주춤 일어났다. 내가 왜 일어났겠는가.

속으로 내 번호표에게 '사랑한다.' 뜨겁게 속삭인 뒤 할아버지에게 다가가서는

"어르신, 이거 받으세요!"

번호표를 쑥 내밀었다.

"2번? 파는 거요?"

할아버지 눈이 반짝 빛났다.

"파는 게 아니고, 할아버지 순서랑 바꾸는 거예요. 만 원 안 받을 거예요. 저는 장사꾼이 아니거든요."

그러자 할아버지가 세차게 도리질을 하며 그건 당신 가치관과 맞지 않는다며 만 원을 받으라고 했다. 세상에 공짜는 없다고 했다. 그래서 내가

"공짜는 없죠! 저는 이 돈, 만 원 대신 어마어마한 복으로 받을 거예요. 그러니…."

그순간 '띵동!' 하고 1번 번호표가 전광판에 뜨고 깁스를 한 할머니가 진료실로 들어갔다.

"안 받으시면 다음 제가 들어갑니다. 어쩌실래요?"

번호표를 다시 한 번 쑥 내밀자 할아버지가 번호표를 받아들었다.

물론 만 원도 어르신 지갑에 소중히 넣었다. 내가 다시 받아

든 번호표는 '30'번. 진료실에 들어갔던 할아버지는 곧 엑스레이실로 향했고, 잠시 후에 진료실로 들어가 한참 설명을 듣는 듯했다. 그런 다음 물리치료실로 향했다.

간호사 이야기로는 처음이 아니라는 것이다.

"지금까지 한 스무 번 되지?"

옆자리에 앉은 간호사에게 되물으며 늘 이 시간에 와서 1번을 달라며 만 원을 들이민다고 했다. 그런데 지금까지 단 한 번도 번호표를 바꿔 준 환자가 없었는데 오늘 처음 성공했다는 것이다.

무슨 사연인지는 모르겠으나 할아버지는 내 번호 '30'번이 전광판에 뜨도록 물리치료실에서 나오지 않았다.

이웃
아주머니와
반려견

황소만한 진돗개와 아파트 뒷길에서 마주쳤다. 중년 여성 견주가 앞으로 내달리려는 개 줄을 황급하게 감았고, 나는 잔뜩 수꿀해져* 화단에 붙었다. 나도 강아지를 기르지만 대형견과 마주치니 위협적이었다.

개가 지나가길 기다리는데 바로 내 정강이 뒤에서 으르렁거리는 소리가 들렸다.

거칠고 울림통 깊은 크르릉 그르렁 소리...

엄마야!

뒤돌아 서 있던 내 간담이 서늘해졌다. 나도 모르게 더 바짝 철쭉나무에 붙었다. 얼어붙는다는 게 이런 거구나. 숨조차 쉴 수 없었다.

지나갔을까? 가도 되겠지? 가까스로 뒤를 돌아보던 그때 몇 걸음 앞에서 견주가 외쳤다.

"왜 쳐다봐요? 뭐야? 왜 쳐다보냐고! 할 말 있어요? 뭐야, 왜 보냐고!"

악을 쓰기에

"아니 저, 무서워서…."

곱송한* 채로 물음에 답했다. 그러자마자 그 견주

"얘가 더 겁먹었어. 얘가. 어? 왜 야리냐고! 어? @#$^*(%$#())!"

일본말까지 쓰며, 포달*을 부리는 게 아닌가. 내가 대체 뭘 잘못했는지 모른 채 나는 집으로 돌아왔다.

그 견주를 며칠 뒤 산책길에 다시 마주쳤다. 저만치 앞에서 그 개 줄을 쥔 채 다가오는 것이다. 지금이라도 늦지 않았다. 뒤돌아갈 생각으로 서둘러 돌아서는데

"저기요!"

아주머니가 나를 부르는 것이다.

"그 분 맞지요?"

엊그제는 미안했다며 사과를 했다. 개가 크다 보니 길을 나서면 너나 할 것 없이 경계를 한다는 것이다. 경계만 하는 것이 아니라 숫제 화를 내거나 욕지거리를 하는 사람도 있다고 했다.

아주머니는 자식은 없어도 부부애가 남달라 행복했다고 했다. 결혼 30주년이던 밤, 함께 잠자던 남편이 심장마비로 돌아가셨단다.

충격으로 인한 우울증으로 힘겨울 때 만난 유기견이라고 했다. 무섬증으로 골방에서 나오지도 못할 때 한 걸음, 한 걸음 밖으로 나올 수 있게 해 준 반려견이라고 했다. 그래서 자신에게는 더할 나위 없이 소중한 가족인데 그런 개를 적대시하는 것에 화가 나서 풀세었단다*.

"앞으로는 입마개도 잘 하고 다닐게요. 저도 우리 개보다 큰 개를 길에서 만나니 무섭더라고요."

아주머니는 고개를 자꾸만 조아렸고 나는 괜찮다, 괜찮다며 기꺼이 풀치던* 아침이었다.

단풍나무
아래
할머니들

우리 아파트 상가 입구 단풍나무 아래엔 언제부턴가 할머니들
이 조르르 앉아 푸성귀를 팔았다. 근처 텃밭에서 직접 기른 것들
과 논틀밭틀* 다니며 뜯은 나물이라고 했다.

자식들에게 손 내밀지 않으려 시작했다는 할머니 서너 분 앞
에 보르르 자란 상추며 쑥갓이 앉았다. 돌미나리며 고들빼기, 아
주까리 이파리도 조르르 앉았다.

야쿠르트 아줌마도 그 옆에서 함께 야쿠르트를 팔았는데, 어
린 자식들 점심 챙겨 먹이러 들어가면 옆에 계신 할머니들이 야
쿠르트를 대신 팔아줬다.

날이 궂어 할머니들이 못나오면 야쿠르트 아줌마만 나와 있었다. 가끔 자리를 비우면 우리들은 삼천 원을 야쿠르트 통 안에 넣고, 비닐봉지에 담아 둔 야쿠르트를 가져왔다.

그런데 상가 '상인회'에서 야쿠르트는 물론 할머니들 좌판도 철거하라는 결정이 났다는 것이다. 보기 좋지 않다는 이유였다.

마침 상추 한 주먹을 사고 있는데 땅땅해 보이는 경비원이 호기롭게 다가왔다. 그러더니 어머나! 목소리를 높이며 끝에 앉은 할머니 좌판을 저만치 밀어내지 않겠는가. 못마땅해서 일부러 밀려나는 할머니 앞으로 가

"아저씨, 잠시만이요. 저 이것 좀 사고요."

단호한 내 말에 아저씨가 흠칫하는 사이

"할머니, 고구마 줄기 얼마예요?"

지갑을 열며 여쭈는데

"달라는 대로 줘요."

할머니 목소리가 나라졌다.

"오천 원어치 주세요, 김치 담가 먹게요."

바구니에 담긴 고구마 줄기를 비닐봉지에 담던 할머니가 한숨과 함께

"아, 인자 어찌 살우. 나는 ××동에서 마을버스 두 번 갈아타

고 와유. 내가 조금씩 농사지은 거 가지고 와유. 내가 이거 팔아야 우리 손자 키울틴디 못 팔게 하믄 어찌 할까나."

나를 올려다보는 젖은 눈빛이 흔들리는데 백태가 하얗게 꼈다. 백내장 같았다.

"손자가 몇 살이에요?"

오천 원을 허리 굽혀 드리다가 그냥 쭈그리고 앉았다.

"니(네) 살이유, 니 살. 지 엄마가 내삐리고 가고, 우리 아들놈은 시방 빙원에 있슈. 몸이 많이 아퍼유."

그러자 밀려났던 다른 할머니들도 모두 한마디씩 거들었다.

"우리도 딱하지만 저이는 정말 딱해요. 하루 만 원어치도 못 버는 거 그냥 팔게 내버려 두지."

"하믄! 저 위에 트럭으로 내려놓고 파는 이한테는 말도 못 하믄서 맨 우리 늙은이들 헌티만 와서 그란당께."

볼그무레한* 단풍나무 아래로 밀려나 서성이는 할머니들의 야윈 어깨가 유난히 앙상해 보였다. 낡삭은* 보따리도 서글퍼보였다. 그런 와중에도 경비원이 자꾸 목소리를 높였다.

"아, 빨리 나가요, 나가! 나도 이러고 싶어 이러는 거 아닙니다. 나가세요! 할 말 있으면 상인회에 말하고 나가요, 얼른."

할머니들은 더 이상 버티지 못하고, 남은 푸성귀를 꾸렸다.

집으로 돌아와 상가 '상인회'로 전화를 걸었다. 사실이었다. 미관상도 그렇지만 상가 상인들 반발이 심하다고 했다. 그래서 다른 방법이 없겠냐고 했더니 당신들도 어쩔 수가 없다고 했다.

'어쩔 수 없는 게 어디 있어요? 각다귀판*도 아니고, 서로 도우며 살면 안 되나요? 그 할머니들이 비 오는 날도 우산 쓰고 앉아 상추며 쑥갓, 팔아 봤자 얼마나 파시겠어요. 그 돈으로 손자랑 살아야 해요.' 그렇게 말하고 싶었지만 울음이 차올라 전화를 끊었다.

다음 날부터 할머니들은 후미진 상가 뒤편 쓰레기장 옆에 자리를 잡았다. 좌판은 벌였지만 사람들 눈에 잘 안 띄니 팔리는 게 신통치 않은 것 같았다. 나도 상가를 오가며 봤지만 멀리서 봐도 그늘진 곳에 할머니들의 풀죽은 모습들이 보였다.

그래서 더 일부러 찾아 갔다. 예전보다 더 많이 팔아 드렸다. 그런데 지나던 아주머니들도 같은 마음이었나 보다. 모두들 그냥 지나치지 않았다. 쓰레기 냄새 나는 곳으로 가 상추 천 원어치라도 사갔다.

아파트 후문 놀이터 근처로 자리를 옮긴 야쿠르트 아줌마한테도 찾아갔다. 부러 야쿠르트를 사서 놀이터에서 노는 아이들과 나눠 먹는 어머니들도 보였다. 상가에서 물건을 사면서도

"할머니들이 다 팔아 봐야 몇 만 원이에요. 더불어 살아가는 모습을 우리 어른들이 먼저 아이들에게 보여야죠!"

상인들에게 한 마디씩하며 총총히 나가는 모습도 심심찮게 보였다.

더 이상 머뭇거릴 수 없었다. 부리나케 집으로 돌아와 '상가 상인회'에 편지를 썼다. 아니 간절한 부탁이었다.

네 살 손자를 키우는 할머니 이야기를 쓰며, 도와달라고 부탁했다. 불우이웃을 찾아 돕기도 하는데 쫓을 것 까지는 없지 않느냐. 바깥에서 하루 돈 만 원도 안 되는 푸성귀 파는 거다. 된비알*에 밭 일구던 내 부모라 생각하고 좀 봐 달라 간절했다. 꽃자리 좁아지면* 바늘 하나 꽂을 자리 없지만, 풀치면* 한없이 넓어지는 법이니까.

편지를 들고 상가로 갔다. 편지를 복사해서 상인들에게 나눠 줄 생각이었다.

그런데 쨍볕에 달려간 문방구 복사기도 아뿔싸 마침 고장인 거다. 잠시 난감해 하던 주인 아주머니가 길 건너 문방구도 세 시 넘어야 연다는 거다. 친구라서 잘 안다면서…. 아무튼 그건, 그렇고 뭘 복사할 건지 물었다.

마침 잘 되었다 싶어 편지를 내밀었다. 읽고 난 주인 아주머

니가

"아, 이런 내용이면 두 말할 것도 없어. 일층 채소가게, 과일가게 두 군데만 설득해 봐. 우리는 반대 안 해!"

거쿨진* 말에 가슴이 놀뛰었다. 나는 부리나케 과일가게로 향했다. 물론 편지를 받아 든 주인 아저씨 표정이 일그러졌다. 눈치를 살피던 내가 얼른 수박 한 통을 집어 들었다.

가격을 얼핏 보니 여전히 이만 오천 원. 가격이 부담스러워 여름에도 먹지 못한 수박을 눈 딱 감고, 또 한 통 집어 들었다. 모두 두 통을 계산대 위에 가져다 놓으니 주인 아저씨가 멋쩍게 웃는 거다.

그날 그 수박 두 통을 잘라 3층 분식집, 4층 피아노 학원, 태권도학원, 보습학원을 비롯해 시원하고 달콤한 부탁을 배달했다. 복사기가 보인 어학원에 들어가 편지를 복사해서 함께 말이다.

어릴 때 소아마비를 앓아 한 쪽 다리를 저는 세탁소 사장님이 편지 뭉치를 든 제 손을 덥석 잡은 채

"누구나 내 일 아니면 안 나서는데 세상에. 내가 다 고맙습니다. 상인회에서 도장을 찍으라고 해서 찍었지만, 나도 마음이 좋지 않았어요. 잘됐어요. 잘됐어."

그렇게 상가 상인들 마음이 꿈틀꿈틀 따뜻하게 움직이게 되

었다.

할머니들이 원래 자리인 단풍나무 아래로 오기까진 그리 오랜 시간이 걸리진 않았다. 오며가며 걸음을 멈추고 푸성귀를 사는 사람들에게 고맙다는 할머니들 인사가 덤으로 얹혔다.

나도 기쁜 마음을 담아 감자 썰어 넣고, 고등어 고추장찌개를 끓였다. 잠시 후면 점심시간. 단풍나무 아래에 둥글게 모여 앉아, 싸가지고 온 마른 밥을 드신다는 걸 알고 있었기 때문이다.

서둘다가 뜨거운 냄비에 손등이 닿았다. 아, 이 덜렁이... '자, 다 했지?' 덴 손, 찬물에 담글 새도 없이 들고 뛰었다. 따끈한 한 끼 드리고 싶어서 내달렸다. 내 마음은 꾀꼬리단풍보다 더 야드르르하게* 물든 채 말이다.

길 잃은
답례

"어머, 웬 복숭아예요?"

뚱그레진* 내 눈이 복숭아 박스에 꽂혔다. 5층 아주머니가 다급하게 초인종을 눌러서 열었더니 복숭아 한 박스를 쓱 내미는 것이다. 커다랗고 뽀얀 복숭아 예닐곱 개가 든 박스였다.

쉰을 조금 넘겼을까? 아주머니한테서 샤워를 마친 향긋한 냄새가 났다.

"아니 저번에 김치 잘 먹었어요. 세상에. 김치까지 담가주고, 내가 뭘 보답해야 하는데 겨우 이거라 미안해요."

복숭아에서도 달곰한* 향기가 났다.

한숨이 나왔다. 나는 김치를 드린 적이 없기 때문이다. 아, 이 낭패감이란….

어쩌나…, 그래도 일단 받아든 뒤

"아닙니다. 잘 먹겠습니다. 아휴, 다음에는 걸어 올라 오지 말고, 승강기 타세요."

당부를 하며 승강기 버튼을 눌렀지만 아주머니가 얼른 취소를 눌렀다.

"아니에요. 어지러워서 못 타요. 살살 걸어 내려갈게요."

땀이 번들거리는 이마를 옷소매로 한 번 닦으며 부득불 안전문을 열었다.

그러고 보니 내게만 이러는 게 아닌 듯했다.

14층에도 가야 한다며 혼잣말처럼 '이쪽인가, 저쪽인가? 1호? 2호?' 갸웃거리며 계단을 내려갔으니 말이다.

아주머니 발소리가 멀어지자 나도 집으로 들어왔다. 아, 그나저나 이 복숭아를 어쩐다? 물끄러미 복숭아를 내려다 봤다.

오늘이 벌써 두 번째다.

첫날이 기억난다. 초인종을 요란하게 눌러서 문을 열었더니 아주머니였다. 내 얼굴을 확인한 아주머니가 화들짝 반가워하며

"찾았네, 찾았어요. 아휴, 우리 인터폰 화면에서 본 모습 맞네요. 나는 누가 우리집 앞에 상추를 갖다 두나 했더니 맞네요."

그러면서 마구 기쁨을 쏟아냈다. 갖다 준 상추며 가지를 아주 잘 먹었다는 것이다. 현관 앞에 두고 가는 걸 봤다는 것이다. 아무리 아니라고 뒷걸음질쳐도 확신에 찬 아주머니 눈빛은 흔들리지 않았다.

나는 첫날 애호박 한 개와 작은 샴푸 한 통을 받았다.

그리고 오늘이 두 번째였던 것이다. 안 되겠다 싶어 관리실에 전화를 걸었다.

"아, ×××동 502호 현관 앞 CCTV좀 볼 수 있을까요? 제가 먹을거리를 놓고 갔다는데 저 아니거든요. 아무래도 제대로 알려드려야 할 것 같아서요."

그러나 안 된다는 답변이었다. CCTV 공개는 힘들다고 했다. 그러다 오늘 갓밝이*에 14층 아주머니를 승강기에서 만난 것이다. 초면이지만 14층을 누르기에 먼저 말을 걸었고, 5층 아주머니 얘기를 물었다.

"그 아주머니가 그쪽에다가도 그래요? 나는 질색을 하고 안 받는데 어쩜 좋아. 치매 아니에요? 나보다 열 살은 어려보이던데 어머머, 아직 젊던데 50조금 넘은 것 같던데. 그래서 나는 아예 인터폰 안 받아요."

세련되게 손질한 파마머리를 두어 번 가로저었다. 나는 아닐 거라며 에이, 설마요. 웃으며 내리는 아주머니를 배웅했지만…….

에이, 설마… 설마… 하면서도 자꾸 목이 멨다.

기꺼운
약속

"저기, 맞죠? 고객님이시죠?"

아뿔싸, 고객님 찾는 젊은 남자 목소리였다. 아, ○○쇼핑? 보험 광고? 나는 얕은 한숨을 한 번 내쉰 뒤

"저 죄송하지만 제가 지금 전화받기가 좀 곤란합니다."

빠르게 읊조린 뒤 끊으려는데

"저 ××헤어. 진호 헤어디자이너예요. 고객님 머리 손질해 드린⋯."

조금 전보다 더 밝아진 목소리가 와락 나를 붙들었다.

미장원을 그만뒀다고 했다. 그런데 선불권 잔액 때문에 전화했

단다.

"다른 고객님들은 남은 잔액만큼 머리 손질 다해드렸는데요. 고객님만 못해 드려서요. 어쩔 수 없이 송금해 드리려고 전화 여러 번 드렸어요."

듣고 보니 전화번호가 낯익었다. 두어 차례 부재중으로 찍혀 있던 번호였다. 모르는 번호를 몇 번 받았다가 '보이스 피싱'이어서 모르는 번호를 잘 안 받게 됐다.

그런데 이렇게까지 수고를 끼친 것이 미안해 내 목소리도 부드러워졌다.

"고맙습니다. 그런데 멀지 않으면 가신 곳으로 갈게요."

"아니요…. 제가 몸이 좀 아파서요. 더 이상 그 일을 할 수가 없게 됐어요."

진호 씨 목소리가 잦아들었다.

자꾸 가위를 떨어트리고, 힘이 빠지더란다. 처음엔 피곤해서 그러려니 했는데 검사 결과 '근위축성측색경화증(Amyotrophic lateral sclerosis)' 즉 루게릭병이라고 진단이 내려졌단다.

지금은 진천 고향집에서 쉬고 있다고 했다.

"계좌번호 불러주세요. 제가 곧 입금시켜 드릴게요. 그때 삼십만 원 권 끊어서 이만 원 사용하셨으니 나머지 입금시켜 드릴…."

"아니요."

진호 씨 말이 끝나기 전에 내 '아니요'가 나섰다. 나중에 몸 다 낫거든 남은 금액만큼 다듬어 달라고 했다.

"나중에 다 낫고, 미장원 출근하면 어디든 갈게요. 꼭 연락주세요!"

다짐하고 또 다짐하며 서둘러 전화를 끊었다. 애써 누르는 진호 씨 목울음*은 듣고 싶지 않았다. 나는 나중에 진호 씨에게 머리하러 꼭 갈 거니까.

꼭, 꼭, 반드시!

또다시
출발

아침 일곱 시 즈음, 고 3 우리집 녀석을 공동 현관까지 배웅했다. 9월 모의고사를 준비하느라 애쓴 녀석에게 주는 어미의 작은 응원이었다.

"어려운 문제는 패스해!"

내 너스레와 우산을 쓴 녀석이 빗속으로 들어서는데

"차 좀 빼주세요!"

직수굿한* 아주머니가 흰색 RV차량 앞에서 비명을 지르듯 허공에다 외치고 있었다.

눈빨리* 보니 그 아주머니 차량은 화단 쪽으로 전진 주차 상태였고, RV차량은 그 뒤쪽으로 일렬 주차를 해 둔 것이다. 지하 주차장 에폭시(epoxy) 보수 작업 기간이라 모든 차량이 1층이나 갓길 주차로 여간 번잡스러운 게 아니다. 그래도 그렇지

"전화번호 없어요?"

내가 다가가며 물었다.

"모르겠어요. 밀어보았더니 사이드 브레이크까지 채워져 있어요. 아, 여기 전화번호 없나 확인하다가 그만 제 안경도 툭 떨어졌는데 찾을 수도 없어요! 저 오늘 면접 보는 날이라 일찍 가야 하는데 제 차를 출차를 못하겠어요. 어떡해요!"

아주머니의 다급한 말소리가 이른 아침을 뒤흔들었다.

"비켜보세요."

나도 RV차량 앞 유리로 바짝 다가섰다.

'××대학교' 주차 스티커가 왼쪽 하단에 붙어 있고, 가만 있자… 오른쪽 하단에 KIM이란 글자와 숫자는… 아니, 아니었다. 전화번호가 아니었다.

"전화번호가 아니네요. 아니에요."

방법이 없었다. 그럼 스스로 출차를 할 수밖에…. 울상이 된 아주머니에게

"일단 차에 타세요. 비가 내리지만 창문은 조금 내려요. 내리

고 제가 봐 드릴 테니 후진해 봐요. 그 수밖에 없겠어요."

내 말이 끝나기도 전에 얼른 운전석에 오른 아주머니에게 나는 '더, 더, 더, 스톱!'을 한 오백 번 외친 듯하다.

앞에서, 뒤로 달려가서

앞으로 달려와서, 뒤로 가서

옆에서, 앞에서

다른 차량에 닿지 않도록 하려고

더, 더, 더, 스톱!

더 와요, 더, 더, 더.

괜찮아요. 더, 더!

삑삑(후방 감지 신호) 거려도 신경 쓰지 말고!

그러는 동안 조금씩 조금씩

아주머니 차가 빠져나왔고 드디어 출차 가능!

때마침 RV차량 운전석 타이어 앞에서 안경을 주워 내민 뒤 창문을 더 내려 인사하려는 아주머니에게 황급하게 외쳤다.

"아, 늦었잖아요. 얼른 가요. 안전하게! 후딱!"

그렇게 아주머니가 떠난 뒤 주차장은 어휴, 다시 조용해졌다.

나도 내가 마구 뿌린 '더, 더, 더'를 밟으며 걸음을 옮기는 순간 앗! 방금 저 차, 후미 등이 반짝 들어오더니 중년의 남자가 서둘러 오는 게 아닌가.

아, 저분, ××대학교, KIM?

생각하고 말고 할 것도 없이

"선생님! 그 차 주인이세요?"

외치며 한달음에 달려가서는

"아니, 전화번호도 없고, 사이드 브레이크도 채워져 있고, 방금 차 한 대가 얼마나 힘겹게 나갔는지 몰라요!"

두 눈 뚱그레져* 노랑북새*를 떠는데

"아, 죄송합니다. 알겠어요. 어서 가서 일 보세요."

낮고, 차분한 음성을 남긴 뒤 시동을 걸자마자 냅다 떠나버렸다.

그래도 저 분, 오늘 저녁은 아랫동 텅 비었다는 지하 주차장에 주차하겠지? 설마 또 자신의 무심함으로 타인의 소중한 출발을 가로막진 않겠지?

한숨 돌리며 가자, 가자, 이제 집으로! 서둘러 승강기 앞에 섰더니 어머나!

안녕?

비를 피해 들어 온 여치였다. 카메라를 들이대도 꿈쩍 않는 걸 보니 힘겨운 밤을 보낸 듯했다.

'그래, 그래. 괜찮아. 아침이 밝았어. 두려웠던 어둠은 지나갔 단다.'

내 작은 인사를 들었을까? 들었니? 미라클!

나이
먹은
소년

어디가나 꼭 그런 분이 있다. 진지리꼽재기*! 목소리 크고, 자기 마음대로 안 되면 주위 사람들 피곤하게 만드는. 어제 우체국에서 본 지긋한 할아버지도 그랬다.

"아니, 그냥 보내주면 되잖아. 왜 안 되는데!"

우체국에 들어서자마자 목소리를 키웠다. 우표를 붙이며 얼핏 보니 거위영장*이었다.

들고 온 물건은 길쭉한 박스였는데 얼핏 보기엔 선풍기 그림이 그려져 있었다. 그걸 박스 채 부치겠다는 거고, 우체국 여직원은 만약을 위해 포장을 다시 하라고 안내하던 중이었다.

"안의 내용물이 부서질 수 있어서요. 한 번 더 단단히 포장하셔야 해요."

"아니 이미 박스가 있잖아. 그런데 왜 비합리적이게 포장을 또 하냐는 거야?"

"이 물건만 가는 게 아니라서 그래요. 부서질 수 있거든요."

여직원 목소리에 애원이 뒤섞였다. 번호표를 뽑고 기다리는 손님이 점점 늘어나고 있었기 때문이다. 그때 할아버지가 짜증스럽게 꽥 소리를 쳤다.

"이 박스 손잡이 왜 부셔?"

"제가 안 부셨어요. 오셨을 때부터 덜렁댔어요."

박스 위로 돌출된 투명한 플라스틱 손잡이를 말하는 듯했다.

아무튼 그 후에도 옥신각신. 이게 들어갈 박스가 어디 있느냐, 포장할 박스를 찾아 달라. 할아버지의 꼬장꼬장한 목소리가 우체국을 헤집었다. 그때 저만치서 상황을 지켜보던 단발머리 중년 여성이 앞으로 나왔는데 우체국장인 듯했다.

"어르신, 여기 말고, ○○우체국으로 가면 포장 부스가 있는데 그쪽으로 안내해 드릴까요?"

그런데 또 그건 싫었나 보다. 구시렁거리며 박스를 찾고, 포장을 시작했다.

그러는 동안 나는 할아버지를 잊었다. 화이자 1차 맞은 지 벌써 12일이나 지났는데도 팥죽땀*이 흐르고 나라졌다. 툭하면 나부라지는데 예고도 없었다. 팥쥐 엄마가 콩쥐 괴롭히듯 온몸을 바늘로 콕콕 찔러대는 따가움도 여전하지만, 그래도 《어른이 읽는 동화》를 주문해 주는 페이스북 선생님들 덕분에 힘이 났다. 인터넷에 서평을 써주고, 책 구입 사진을 보내 주실 때마다 아픔이 싹 가시는 듯했다.

마지막으로 주소를 확인하고, 부칠 봉투를 헤아리는데 뒤에서 둔탁한 소리가 툭 났다. 돌아보니 아뿔싸! 그 할아버지였다. 내가 벤치 옆 테이블 위에 얹어 둔 박스를 할아버지가 뒷걸음질로 앉으면서 엉덩이로 친 것이다.

"어머나! 아이고, 선생님!"

나동그라진 박스를 향해 놀란 내 목소리가 달려갔다.

"왜 사람 앉는데 박스를 둬! 여기는 박스 얹는 데가 아니잖아."

"의자에 얹은 게 아니라 테이블에 얹은 거예요."

내 품안에 쏙 들어오는 작은 박스였다. 그래도 평소 같으면 화들짝 웃으며 '죄송합니다, 네, 네.' 굽적거렸을* 텐데, 어제는 어쩐 일인지 똘박하게* 말대꾸를 했다.

그런데 할아버지가 갑자기 늡늡해지는* 게 아닌가.

"허리가 아파? 걷는 게 왜 그래? 나이도 젊어 보이는데 아프고 그래?"

"디스크예요. 아픈 게 뭐, 나이 순서대로 아픈가요, 뭐?"

또라지게* 대꾸하자

"허허, 허허허! 나는 여든 셋인데 몇 살이야?"

할아버지 얼굴이 풀리며 웃음이 번졌다.

그래. 이 할아버지는 분명 외로웠던 거야. 말상대가 필요했던 걸까?

나중에 우체국장이 내 곁으로 슬쩍 오더니 툭하면 이런다고, 우체국을 아주 발칵 뒤집어 놓고 간다고 일렀다.

그래서 내가 그랬다. 너무 절절 매지 말고, 할아버지 외로움을 만나 보라고. 몸은 늙바탕*이 되었지만 속에 외로운 소년이 사는 게 분명하다며.

사람이
희망이
되는
순간

안경 다리가 부러져서 수선을 맡겼는데 다 됐다는 문자가 왔다. 일주일간 흐릿하게 보여 답답하고, 오늘은 두통까지 심해지는데 타이레놀도 없던 차였다.

식구들 올 때까지 기다리기엔 너무 막막했다. 어쩔 수 없이 목발을 짚었다. 심호흡을 하고 밖으로 나갔는데, 아뿔싸! 렌터카가 문제였다. 1층에 주차할 자리가 없어서 전날 밤, 남편이 지하에 주차를 했던 것이다.

목발을 짚고 지하 주차장으로 갈 생각을 하니 엄두가 나지 않았다. 옛날 아파트라 승강기가 지하 주차장과 연결이 되어 있지 않으니 꼼짝없이 계단을 내려가야 했다.

어쩐다. 망연자실 서 있는데 그때 마침 지하 주차장 계단을 올라오는 여성이 보였다. 굼슬겁고*, 음전해* 보이는 삼십 대 중반의 여성이었다. 고개를 든 그니와 눈이 마주쳤다.

"저기 부탁하나 드려도 될까요?"

"아, 뭔데요? 제가 해드릴 수 있는 거면…"

조심스럽게 말끝을 흐리며 상냥하게 웃었다.

나는 서둘러 자초지종을 설명하고, 남편에게 전화해 주차된 자리를 묻고, 자동차 열쇠를 건네고, 그니는 다시 지하 주차장으로 내려갔다.

얼마나 다행이던지 나는 그니가 내려간 자리에다 대고 '고맙습니다. 고맙습니다. 복 많이 받으세요! 어마어마하게 받으세요!' 우렁우렁 외치고 또 외쳤다.

잠시 후 지상에 모습을 드러낸 승용차가 내게 다가올 때 운전석을 향해 엄지 척, 하트를 연신 날렸다.

"운전은 가능하시겠어요?"

걱정스러운 목소리와 함께 운전석에서 내리던 그니에게 커피 쿠폰이라도 한 장 드리고 싶다고 했더니 손사래를 쳤다.

"아유, 아니에요. 저도 여기 1704호에 살아요."

여낙낙한* 웃음으로 우리집 쪽을 가리키는 게 아닌가.

우리집은 1705호. 그럼 바로 그 ... 그... 한 달 동안 인테리어 공사했던 그 집? 우리 옆 집?

확인이 끝난 우리는 마치 감전이라도 된 것처럼 서로를 바라보며 아, 아! 어머! 세상에! 그 집이에요? 깊은 장탄식을 주고받았다.

"고생하셨다는 소리 들었어요. 많이 힘드셨죠?"

"아, 정말 힘들었어요. 그런데 오늘 이렇게 제게 큰 도움을 주셨네요! 이런 인연도 있네요!"

"죄송해요. 그냥 이사 오기엔 너무 낡삭아서* 어쩔 수 없이 고통을 드렸어요."

"아니에요. 벌써 잊었어요. 그나저나 이렇게 우리 옆집을 알게 되니 행복하고, 기뻐요."

우리가 이야기를 나누는 동안 바람이 시원했다. 내 마음, 꽃마음이 되었다. 사람이 희망이 되는 순간이었다.

마음의
문을
여는
손잡이

단골 카센터가 있다. 쉰 중반 나이의 헌걸찬 사장님은 부처님 반토막이다. 특히 무엇을 고치라는 말이 없다. 다른 곳에 가면 큰일난 것처럼 '이것 고쳐라, 저것 고쳐라! 요것 바꿔라, 조것 바꿔라.' 겁을 주는데도 말이다.

아무튼 이 사장님은 차분하게 점검을 끝내고는 '그 부품은 다음 엔진오일 교환할 때 바꾸면 돼요. 조금 더 타세요. 이것은 안전과는 관계 없으니 조금 더 타세요.' 여낙낙한* 웃음을 건넨다. 그러다가 고쳐야 할 때는 이유를 최대한 배제하고 싸게 셈을 치르게 한다.

"그렇게 해서 남아요?"

걱정스레 물으면 말없이 성긋이* 웃는다.

하루 정도 맡겨야 할 수리가 생길 땐 집까지 타고 가라며 사장님 새 차도 그냥 내준다. 주저하면 보험 들어놨으니 걱정 말라며 안심도 시켜준다. 어디 그뿐인가? 낡삭은* 내 차가 문제를 일으키면 언제든 사장님한테 긴급 전화를 걸 수 있다.

"사장님! 계기판에 노란 등이 켜졌어요. 차가 멈추게 되나요?"

"사장님! 엔진 체크하라는 메시지가 떴어요. 어쩌지요?"

참 성가실 법도 한데 사장님은 단 한 번도 싫은 내색 없이 문제를 해결해줬다. 따뜻하고, 차분한 목소리로 나를 안심시켰다. 얼마 전에도 그랬다. 동탄에서 용서고속도로로 막 진입하려는데 차가 멈춘 거다.

"사장님! 차가 섰어요. 무서워요! 고속도로 진입 전인데 어떡하죠?"

허불며떠불며 전화를 걸었는데도

"염려 마세요. 제가 해결해 드릴게요."

침착한 목소리로 나를 진정시켰다. 견인차가 오는 동안에도 암환자인 내 건강도 함께 걱정해 주면서 말이다.

그러고 보니 벌레 소동도 있었다. 권영벌레라는 벌레가 자동차 실내에서 발견된거다. 처음에는 한두 마리더니 점점 개체수가 늘어났다. 그런데 아무리 청소를 해도 없어지지 않는 거다. 절망스런 마음에 눈물까지 핑 돌았다. 누가 스팀 세차를 해보라고 해서 전화를 걸었는데 스팀 세차장은 이미 문을 닫을 시간이었고, 더구나 예약제라 며칠 걸린다는 거다.

한시가 급한 나는 카센터에 전화를 걸었다. 역시나 내 이야기를 다 듣고 난 사장님이 지금 카센터로 올 수 있겠냐는 거다. 물론이죠! 달렸다.

"차에! 차에 막 벌레가 날아다니고, 막! 막!"

도착과 동시에 운전석에서 내리며 법석을 떠는데 사장님이 다가와 살피더니 말없이 방역 소독기를 가져와 붕 붕 붕 틀었다. 그런 다음 뒷좌석을 뜯어냈다. 뒷좌석을 뜯어 낸 자리? 난리가 아니었다.

으아! 오와! 우와! 머리핀, 머리끈, 포크, 샤프심 통, 동전들, 거기에다가 어? 저건! 그랬다. 바로 우리집 강아지 사료였다. 그곳에서 벌레들이 서식했던 거다. 아마 뒷자리 안전벨트 틈 사이로 강아지 사료가 한 주먹 들어간 듯했다. 어마지두* 흥분해서 비명을 지르는 나와는 달리 차분하게 비닐장갑을 주며

"동전도 많이 떨어졌네요, 주우세요."
라며 순하게 웃어주었다.

마음의 문을 여는 손잡이는 안쪽에만 달려 있다고 했던가. 돈이 아닌 사람에게 문을 열고 사는 사장님은 진정 내가 만난 참사람이었다. 그 누구보다 완벽한 하루를 살아가는.

오고
가는
마음

우리집 녀석이 학교에 가려고 승강기를 탔는데 청소 아주머니를 만났단다.

인사를 하니 몇 학년이냐고 물어서 내년에 고등학교 3학년이라고 대답하니 아주머니가 주머니에서 뒤적뒤적 오천 원을 꺼내 건넸다는 거다.

"공부하다가 배고프면 빵 사먹어. 돈이 이것밖에 없소."

하면서.

물론 녀석이 아니라며 극구 사양했지만, 아주머니는 교복 주머니에 꾹 찔러주고, 3층에서 내렸단다.

내리면서

"예전에 학생 어머니가 나한테 떡을 주셨어. 참 맛나게 먹었어. 잊히지가 않아."

하는데 문이 닫혔다고 한다.

생각해 보니 맞아. 그때 친정 가면서 떡을 샀지. 우리 먹을 떡도 사는데 두고 가자 싶어 다시 집으로 향했지. 그때 만난 청소 아주머니. 까맣고, 동그란 테에 돋보기처럼 두꺼운 안경을 쓴 조그만 아주머니였어. 새로 온 분 같았는데 한국말이 서툰 중국에서 온 분 같았어.

공동 현관 문이 열리기 전에 봉지에서 시루떡과 인절미 두 팩을 건네니 얼마나 놀라던지, 걸레를 든 채

"이걸 와 날 주오?"

라고 물었고,

"출출할 때 드세요! 떡을 많이 샀어요!"

웃으며 너스레를 떤 기억이 난다.

그때 아주머니는 걸레를 얼른 바닥에 던지고 두 손바닥을 당신 옷에 싹싹 닦은 뒤 떡을 받았지.

아주머니도 그때 일을 잊지 않았던 거다.

우리집 녀석을 보며 두고 온 자식들 생각이 났을까?

아무튼 나는 아주머니가 얼마나 힘들게 일하는데 그 돈을 받았냐고 할기시* 눈 흘기며 닦달하고, 녀석은 두 눈만 껌벅였다.

"그럼 이 돈에다가 돈을 더 보태서 아주머니 선물 사 드리면 어때요?"

무춤서서* 해법을 제시한 뒤 방으로 들어가는 녀석 등 뒤에 그 오천 원은 소중하게 간직하라고 이른 뒤 가슴에 따뜻한 숨을 채웠다.

다친 발목 깁스 풀고 나면 아주머니 드릴 털목도리 하나 사러 가야지 생각하며.

꽃기린
편지

얼마 전부터 산책길에 만난 꽃기린 화분이 있었다. 우리 앞 동인 501동 1~2호 라인 공동 현관 밖에 둔 것이다. 곧게 잘 자란 꽃기린 화분이라 누가 봐도 눈에 띄었을 것이다. 그때부터 매일같이 오며가며 그 친구의 안부를 확인했다. 기웃거리기는 계면쩍어서 슬쩍슬쩍 곁눈질로 봤다.

'버린 걸까? 아니면 비 맞으라고 내놓은 걸까?'

밤에도 스쳐지나가듯 보고, 베란다에 빨래 널면서도 뚫어져라 보고, 갓밝이에 남편 배웅하면서도 기웃거렸다. 몇 날 며칠 여전히 그 자리에 있었다. 그래서 어제는 용기를 냈다.

'사정상 키우지 못해 내놓으신 거라면 제가 입양할까요? 잘 키우겠습니다.'

이렇게 글을 써서 화분에 붙여 놓고 왔다. 그래놓고 마음 졸이다가 다음 날 나가보니

'잘 키우세요. 10년 넘었습니다. 뒤에 있는 작은 화분들도 OK.'

라고 써놓은 것이다.

그러고 보니 남천이며 장미 허브까지 두어 개 화분이 더 있었다. 어찌나 고맙고, 반갑던지 당장 끌개를 가지고 와서 실었다. 싣다 보니 편지 봉투 하나가 꽃기린 가지에 단단히 붙어 있었다.

그래, 저건 나중에 확인하자, 꽃기린이 가시로 찔러대지만 아프지도 무겁지도 않았다.

꽃기린을 베란다에 세워 두고, 그 옆으로 장미 허브와 남천도 나란히 두었다. 뿌듯하고 행복했다. 드디어 우리집 식구가 된 것이다.

"아휴, 날씨 추워지기 전에 잘 왔어."

기뻐하며 그제서 봉투를 열어보니, 글쎄 꽃기린을 기르고 싶으니 연락 달라는 편지였다.

어쩌나! 나 말고도 꽃기린을 눈여겨 본 분이 있었던 거다. 마

음이 무거워졌다. 그래서 고민하다가 편지에 적힌 전화번호로 전화를 걸었다.

전화를 받은 분은 여든을 넘긴 할아버지였다. 산책을 하다가 본 꽃기린이라고 했다.

사실 딸 내외가 이민을 가면서 주고 간 꽃기린을 아내가 5년 가까이 잘 키웠다고 했다. 코로나 때문에 딸을 만날 수 없으니 마치 딸을 보듯 애지중지했는데, 할아버지 실수로 부러트렸다고 했다. 꺾꽂이를 해보고 갖은 노력을 했는데 실패했다고 했다.

아내의 상심이 컸는데 바깥에 내놓은 그 꽃기린을 보고 얼마나 반가웠는지 모른다고 했다. 할아버지가 부러트린 꽃기린과 너무나 닮아서 손뼉을 탁 쳤다고 했다. 그래서 간절한 마음을 담아 꽃기린을 판매할 수 없는지 편지를 써서 붙여 놓았다고 했다.

그길로 나는 꽃기린을 안고 할아버지에게로 향했다. 염색도 하지 않은 하얀 머리에 훤칠한 할아버지가 오만 원을 봉투에 담아 주는 걸 극구 사양했다.

누군가에게 행복을 전했더니 내게 더 큰 행복이 안긴 날, 콧노래에 사랑이 채워졌다.

바늘
하나
꽂을
자리

절에 가고 싶다는 말을 내가 했단다. 그것도 서너 번을... 마음
이 어수선하면 템플스테이를 신청하거나 절 마당을 서성거리는
나다. 주말 아침, 남편이 주섬주섬 옷을 입더니 나를 일으켰다.

그렇게 나섰다. 매운바람이 안기던 날이었다.

절에 도착했더니 오길 잘했다 싶게 마음이 밝아져서 합장을
했다. 종교가 무엇이든 그 집에 가면 그 집에 대한 예의를 지켜
야 한다는 지론이다. 아무튼 부처님께 그저 고맙습니다. 고맙습
니다. 조아렸다. 고맙지 않을 게 없었다.

'행복도 내가 만드는 것이네. 불행도 내가 만드는 것이네. 진

실로 그 행복과 불행, 다른 사람이 만드는 것 아니네.'

법구경에 나오는 말씀을 되뇌며 거니는데 저만치 불교 용품점이 보였다.

나도 염주 팔찌를 하나 살까 싶어 들어서는데

"아줌마!"

어간재비* 같은 불혹의 남자 손님이었다. 그 손님이 거칠게 주인 아주머니를 부르며 앞으로 몸을 들이미는 거다. 말이 주인 아주머니지 스무 대여섯 살 정도 된 조그만 여자 분이었다. 더구나 절에서는 남성은 거사님, 여성은 보살님이라는 호칭을 사용한다.

"그러니까 팔찌 줄 끊어진 거 A/S 맡긴 뒤 한 시간 뒤에 온다고 했잖아. 그런데 여태 왜 안 해 놨냐고!"

숫제 반말까지 하는 거다. 오가는 말을 들어보니 주말이라 손님이 많아서 A/S할 시간이 미뤄진 듯했다. 내가 봐도 손님이 많아 혼잡했다. 혼자 안내하고, 판매하느라 바빴다며 잔뜩 주눅이 들어 남자에게 사과하는 그 보살님 목소리가 잦아들었다.

그때 내가 팔찌 두 개를 들고 계산대로 다가갔다.

"보살님! 이거 계산해 주세요!"

보살님을 크게 또렷하게 부르며 이만 원을 내밀었다. 그러는 사이 보살님이 눈물을 훔치는 모습이 보였고, 언제 왔는지 노스

님이 손님들을 안내하고 있었다.

마음을 넓히면 온 우주가 들어설 수 있고, 좁히면 바늘 하나 꽂을 자리가 없다고 했던가. 원하는 시간에 A/S를 해주지 못했더라도 안 해준다고 하지 않고 해준다고 한 게 어딘가. 내가 어떻게 보느냐에 따라 내가 편하다. 그리 풀쳤으면 싶다.

풍경소리 댕강댕강 바람을 흔들고, 쪽빛 하늘도 서둘러 찾아들던 날이었다.

텃밭
네
두둑

글 품앗이 아이들과 함께 일구는 밭이 네 두둑*이나 되니 제법 넓었다. 꽃샘*에는 갈바래질*에 땀을 쏟고, 씨앗 뿌리며 꽤 정성을 들였는데 여름 뙤약볕에 손을 대지 못하니 늦여름에는 방치하다시 피 했다.

방울토마토, 고추, 호박넝쿨, 오이넝쿨, 당근, 신선초, 가지, 깻잎이 잡초와 뒤엉켜 이젠 거의 잡초밭이 된 것이다. 하나를 잃으면 하나를 얻는 법. 그래도 약을 치지 않아 얼마나 달고 맛나던가. 틈날 때마다 한 소쿠리씩 따와서 이웃과 나누는 즐거움도 만끽했다.

그런데 오늘 여름 수확이 끝난 빈 밭을 바라보며 섰는데 작은 체구에 고비늙은* 할머니 한 분이 다가오더니

"한 두둑에 얼마요?"

하고 물었다. 두 해 임대료가 이만 원이라고 하자 고개를 끄덕이며 허부죽하게* 웃었다.

"농장주 전화번호 알려 드릴까요?"

한 걸음 다가가 문자 손사래를 쳤다. 종일 폐지 주워 손수레에 싣고 다니면 삼천 원 버는데 언제 그 돈을 모으겠냐고 했다.

그래도 돈이 생겨 텃밭을 할 수 있으면 토마토를 잔뜩 심을 거라며

"여기는 방울토마토 모종을 심고, 저기는 큰 토마토 모종을 심고…."

우리 밭두둑을 손으로 가리키며 당장 심을 듯 목소리에 흥을 실었다. 사실 할아버지가 오랫동안 당뇨를 앓으셨다고 한다. 원래 토마토를 좋아하지만 비싸서 자주 못 사준다며 안타까운 속내를 내비쳤다. 더구나 요즘 몸이 많이 쇠약해지고, 녹내장 합병증까지 왔다고 했다.

그때였다. 잿길에 까만 승용차 한 대가 서더니 풍채 좋은 할머니 한 분이 내렸다. 그런데 조금도 주저함 없이 내 쪽으로 잰 걸음

으로 다가오며 밭주인이냐고 물었다. 그래서 내년까지는 밭주인이
라고 하자

"그럼 가을에도 심을 거유?"

목소리가 카랑카랑했다. 이유를 물었더니 오가며 보니 앞산
그늘도 지지 않고, 토질이 좋아 우리 밭이 탐났다는 것이다. 만
약 가을에 농사짓지 않으면 고랑 넷, 모두 구만 원 쳐 줄 테니 넘
기라고 했다. 도라지를 심어 계속 이 텃밭을 사용할 계획이라고
했다.

보아하니 아이들 데리고 씨 뿌리고 심는 재미지 여름엔 잡초
밭이라 나를 만나려고 몇 번을 왔었노라 목소리를 높였다.

나는 그런 할머니에게 정중히 '유기농법'이었다, 계속 농사를
지을 생각이라 말했더니

"이 좋은 땅을 그렇게 쓰우? 그러지 말고, 내가 그럼 그래, 인
심 썼다. 십만 원 드릴 테니 내게 주슈."

흥정을 마친 듯 가방을 열어 지갑을 여는 게 아닌가. 물론 내
가 계속 고개를 가로젓자 잠시 후 몹시 실망한 채 돌아섰다. 다
시 승용차에 할머니가 오르고, 멀리 사라지는 것을 보다가 옆에
선 할머니에게

"두 두둑이면 토마토 실컷 심을까요?"

손에 묻은 흙을 툴툴 털며 무심하게 물었다. 그러자 할머니는 "실컷 심지. 심고도 남지." 하며 도라지꽃처럼 웃었다. 그래서 밭 네 두둑 다 드렸다. 토마토 실컷 심고, 배추, 무도 심고, 갓도 심고, 다 심어 드시라고 했다.

펄쩍 뛰며, 공짜냐고 조심스럽게 묻던 할머니에게 공짜가 아니라고 했다. 쌈 싸먹게 김장 때 배추 두어 포기만 달라고 했더니

"그럼요! 그럼요, 주고, 말고요!"

아유, 아유, 이럴 수가, 이럴 수가. 아이처럼 좋아했다. 할아버지가 밭을 일구며 흙냄새 맡으면 훨씬 건강해지실 거라는 말씀도 드렸다.

그렇게 가볍게 팔랑거리며 내가 집으로 돌아오도록, 밭고랑 따라 길게 늘어선 노을을 거둬 돌아오도록 노란 블라우스를 입은 할머니는 노랑나비처럼 내내 그 밭고랑에 앉아 있었다.

힘내라
가재야

올해 시작한 남새밭*이 바싹 말랐다. 그래도 그동안은 오이며 호박, 고추, 푸성귀 같은 밭 식구들이 간신히 목은 축였다. 그런데 오늘 보니 밭 아래 골개물* 군데군데 고였던 물조차 말라버린 것이다.

커다란 통에 조금씩 받아 둔 물을 주고 나면 당장 채워 놓을 물이 없게 되었다. 남편이 큰 물뿌리개 대신 작은 물뿌리개를 들었다.

"오늘은 아껴가며 최소한의 물을 줘야겠어."

세심하게 물을 주는 남편을 뒤로하고, 나는 낫을 집어 들었다. 남새밭으로 오가는 길에 푸새다듬*할 요량이었다.

길섶에 환삼덩굴이며, 무릎까지 자란 바랭이, 방동사니, 개기장, 그령이 조만간 길을 없앨 기세였기 때문이다.

평소에는 남편이 물을 뜨러 다녔으니 몸이 나으면 다닐 길이었다. 더구나 주변 남새밭을 일구는 사람들도 다니는 길이니 누군가 해야 할 일이었다.

어릴 때 할아버지가 소꼴을 베던 모습을 생각하며 자세를 잡았다. 그런데 몇 번 낫질을 하다 보니 땀이 비 오듯 흘렀다. 낫질을 할 때마다 뱀이 똬리를 틀고 혀를 날름거리며 나를 노려보는 것 같아 오금이 저렸다. 더구나 자드락길*이라 자꾸 미끄러졌다.

그때 일흔 정도 된 말쑥한 할아버지가 다가와 말을 걸었다.

"아이고, 힘들지 않으세요? 이 더위에 뭐하세요?"

그러고 보니 안면이 있었다. 아, 맞다! 산허리 당밭*을 일구는 분이었다. 나는 거친 숨을 일으키며 할아버지 밭 옆에 웅덩이가 있는 걸 알은 체 했다.

"산물*이 고이니 걱정 없으시지요?"

이 가뭄에 혼자 쓰는 웅덩이라니 부러움이 묻어나는 내 말에

"다 말랐어요. 거기도 다 말랐어요. 이런 해는 처음이에요."

힘없이 고개를 가로저었다. 그러면서 밭이야 까짓 포기하면 되는데 문제는 가재라고 했다. 웅덩이에 가재가 산다고 했다.

"가재요?"

예상치 못한 말에 내가 놀라자 얼른 휴대전화를 꺼내들었다.

"보세요, 이 웅덩이에 가재가 살아요. 보이지요?"

휴대전화 사진첩을 열던 할아버지 얼굴이 이내 환해졌다. 가재, 참말로 가재였다. 아니 가재 사진으로 꽉 채운 사진첩이었다.

"물이 없으면 이 가재가 밖으로 나오거든요. 내가 이 녀석 살리려고 여기까지 내려와서 물을 퍼가지요."

수고로움을 말하면서도 표정은 환했다. 아니 오히려 행복해보이기까지 했다. 마치 손주를 돌보는 할아버지처럼 말이다.

그 가재는 알까? 할아버지의 사랑을?

할아버지에게 골개물 대신 우리 물통에 물을 한 양동이 퍼드리며 나도 행복해졌다. 고통은 마지막이 아니라 새로운 시작임을 기억하며

'힘내라, 가재야.'

나도 가재를 응원하고 있었다.

치료를
양보합니다

응급실에서 안내 방송이 흘러나왔다. 응급 환자가 많아 치료가
지연되고 있단다. 그래서 지금 접수하면 한 시간 정도 대기하여야
한다는 방송이었다.

그 소리를 듣고 초강초강한* 청년은 고개를 끄덕이는데 갑자기
뭔가 쿵, 쿵, 육중하게 부딪히는 소리가 들렸다.

고개를 돌려보니 휠체어를 탄 사십 대 남자가 몸을 웅크린 채
가벽에 머리를 짓찧고 있는 게 아닌가.

"아, 통증이 심하다고. 통증이. 통증이 너무 심하다고!"

두 팔로 몸을 감싸 쥐고 처절한 고통을 뿜어냈다. 그 모습이 불

편한지 근처에 있던 사람들이 한 걸음 물러나며 힐금거렸다.

안내원 남성도

"그래도 주말보다 오늘은 좀 나은 편입니다. 조금만 더 기다려
주세요."

달래듯 조심스럽게 말해도 소용없었다.

"통증이 심하다고, 통증! 통증이!"

통증을 토해내는 그을린 얼굴이 일그러졌다. 그때 의자에 나란
히 앉았던 노부부도 그 모습을 조용히 지켜보고 있었다.

약 이십 분이 흘렀을까? 간호사가 나와서 호명을 하자 노부부
가 일어섰다. 조쌀한* 할아버지 안색이 노랗다 싶었는데 손이며
목, 드러난 피부가 모두 샛노랬다. 헌들헌들한* 모습인데 배가 불
룩했다. 그 배를 보니 아버지, 우리 새아버지 배가 떠올랐다. 그래,
간경화…. 간경화로 돌아가시기 전 복수를 빼러 병원에 다녔지.

할아버지가 할머니 부축을 받아 응급실로 들어서려다가 멈춰
섰다. 그러더니 간호사에게 조용히

"나보다 저 사람 먼저 들어가게 해주세요."

몸을 돌려 휠체어에 탄 남자를 가리켰다.

물론 처음에는

"무슨 말씀이세요, 당신도 힘든데. 순서대로 해 줄거예요."

할머니 표정이 간절했다. 간호사도 어리둥절해하며 할아버지를 모시려고 했지만 단호했다.

잠시 고민하던 간호사는 다시 응급실 쪽으로 들어갔다 나오더니 남자의 휠체어를 밀고 들어갔다.

할아버지와 할머니는 다시 나란히 의자에 앉았고, 나도 그 옆에 서서 진료 중인 남편을 기다렸다.

금방 비가 쏟아질 듯 헤푸러진* 하늘을 바라보며.

방금 할아버지가 보여 준 친절한 배려에 인사하며.

언제나
운수
좋은
날

실랑이가 벌어진 곳은 ○○쇼핑몰 주차타워 출구 앞 골목이었다. 마침 병원에서 나오다가 주차요원이 쇼핑몰 주차타워 출구 쪽으로 향하던 승용차를 막아선 모습을 보았다. 그런데 그 승용차는 쇼핑몰 주차타워와 붙어 있는 옆 건물 음식점으로 들어갈 생각이었나 보다.

"뭐야, 너. 너희 쇼핑몰에 가는 게 아닌데 왜 막아?"

사십 대로 보이는 남자 운전자는 창을 내린 뒤 엄발나고*, 주차요원은 당황한 빛이 역력했다. 얼추 스무 살 정도 되어 보이는 작고 앳된 남학생이었다.

때마침 입구 쪽에 섰던 여성 주차요원이 황급히 달려오는데 남자가 차에서 내렸다. 다부지고 건장했다.

"너야? 네가 얘들 관리해? 애들 관리를 어떻게 하는데 길 가는 차를 막아, 막기를!"

숫제 여성 주차요원에게 상앗대질*을 하는 게 아닌가.

남학생은 출구로 입차하는 것으로 오해했던 모양인데 남자는 몹시 언짢았나 보다. 그래도 옆 음식점에 가는 차량이라고 말하면 끝나는 문제 아니던가.

남학생이 몸을 말아 고개를 숙였다.

"제가 잘못했습니다, 고객님. 제가 실수했습니다. 죄송합니다."

상기 된 얼굴로 또박또박 사과를 하던 남학생, 그 남학생 어깨를 밀치며 한 대 칠 기세였던 남자.

마치 먹잇감을 앞에 두고, 이빨을 드러내는 맹수처럼 보였다.

"너 사회가 만만해?"

몇 번 더 악을 쓰고,

"아, 진짜 열 받네! 점장 나오라고 그래!"

한참을 포효하던 남자는 잠시 후 거칠게 차를 몰고 사라졌다.

원래는 이 남학생 형이 출차를 담당하는 주차요원이라고 했다.

그런데 요즘 치매가 악화된 할머니가 형만 알아본다고 했다. 어쩔 수 없이 형이 병원에 모시고 가느라 대신 나왔다고 했다. 그것도 경비업체에 간신히 부탁을 해서 말이다.

"할머니 손에 형제가 자랐대요. 얼마나 착한지 몰라요. 얘네 형도."

애잡짤해하던* 여성 주차요원은 자신의 자리로 돌아가고, 나는 남학생에게 생수 한 병을 건넸다.

고맙다며 연신 인사를 하던 남학생이 부디 자신에게 일어날 더 큰 일을 저 작은 일로 대신했다고 생각하기를.

작은 욕 좀 얻어먹고, 더 나쁜 일을 막았다고 생각하기를.

그래서 오히려 운수 좋은 날이라고 생각하기를.

5월을 돌아 집으로 오는 길, 나는 내내 염원했다.

빨간
상처

빨간
상처

달력, 그랬다. 남편이 신년 달력 아랫부분을 가위로 자르고 있었다. 그러니까 달력을 보내준 '사이좋은 우주선'이 인쇄된 부분을 말이다.

"뭐하는 거야? 왜? 내게 온 달력을 왜?"

무심코 방에서 나오던 내 목소리가 거실 정적을 쩍 갈라놓았다. 그런데 남편 대답이 걸작이었다.

"창립 5주년이라는 게 거슬려서요. 더구나 빨간색이라서."

가위를 든 어정쩡한 눈빛이 흔들렸다.

어이없었다. 내가 회원이 아니면 이런 달력이 어디서 오겠는가. 기쁘게 걸어 놓은 달력이었다. 그런 달력을 자르다니. 마치 내가 부정당한 듯 화가 치솟았다.

남편은 희한하게도 스티커에 예민했다. 가전제품 전면이나 옆면에 붙은 스티커도 어떻게든 떼어냈다. 뭐, 취향이려니 했다. 그런데 이 괴이한 행동은 뭐란 말인가. 꺼림칙하거나 민망한 달력도 아니고, 아무튼 모든 걸 떠나서 일언반구도 없이 말이다.

그러는 동안 제 방에 있던 녀석이 나와 말없이 잘려나간 달력 아랫부분을 투명 테이프로 붙이기 시작했다.

"아빠, 이렇게 말고 달력에 한 장, 한 장 붙일까? 일단 이렇게라도 붙여놓자."

제 아버지에게 제안을 하면서도 내 눈치를 보는데 남편도 비로소 내 눈치를 살피기 시작했다. 나는 어쩐지 눈물이 왈칵 솟구쳤다. 아이 대학 입시와 이것저것 불안하고, 예민한 상황들과 맞물렸나 보다. 방으로 들어와 방문을 잠근 채 펑펑 울었다.

"엄마, 아빠 어릴 때 할아버지가 사업 실패할 때마다 대문이고 집이고 죄 압류 딱지가 붙었다고 했잖아. 그 빨간 딱지 때문에 상처가 있는 게 아닐까? 그런 듯해 엄마."

방문 밖에서 두런두런 우리집 녀석이 제 아버지 이야기를 잇던 저녁, 나는 처음으로 남편의 유년 시절 상처와 마주했다. 늘 아내의 상처만 보듬던 남편의 외로움도.

각자의
사정

6학년 아이 중 하나인 수희(가명) 어머니 전화를 받았다. 따돌림 문제로 글 품앗이를 잠시 쉬겠다는 전화였다. 함께하던 친구들 여덟 명이 수희를 따돌림시키는 친구들이라는 것이다. 학교에서 보는 건 어쩔 수 없지만 글 품앗이에서조차 봐야 하는 건 힘들지 않겠느냐는 말씀이었다.

뱀뱀이* 있고, 사랑 많은 수희가 얼마나 마음고생이 클까 싶었다. 새벽에 문득 깨어 수희의 마음고생이 떠올라 다시 잠들지 못하기도 했다. 그런데 오늘 온 함께 다니던 그 여덟 명이 다른 이야기를 풀어놓았다.

이야기인즉슨 피해자는 수희가 아니라 함께 다니는 여덟 명의 친구라는 것이다.

처음은 '지혜'로부터 시작되었단다. 수희가 회장 선거에 나갔는데 선거 운동을 해준 친구들이 고맙다며 수희 어머니가 친하게 지내는 여덟 명을 초대했나 보다. 그런데 수희가 놀이터에 다 모여 있던 여덟 명 중 지혜 하나만 빼놓고 초대를 했는데 아주 치사한 방법을 썼다는 것이다.

옆에 선 윤지에게 살짝 윙크를 하며 '너, 핸드폰 우리집에 있지 않니? 가지러 가야지!'라든지, 경주에게 눈을 깜빡이며 '경주야, 너 우리집에 볼일 있잖아. 두고 온 거 가지러 가자.' 이럼서 여덟 명에게 일일이 눈치를 주고 나머지 한 명인 지혜를 따돌렸다는 것이다.

그 상황에서 지혜가 눈치 못 챘을 리가 없다. 지혜도 누구 못지 않게 수희 회장 선거에 앞장섰는데 얼마나 황당했을까. 지혜가 느꼈을 배신감이 전해져 왔다.

그 후 지혜 생일날 수희를 초대하지 않았다고 한다. 그 사실을 수희도 알게 되면서 골이 깊어진 것이라고 했다.

처음은 이렇게 시작되었다기에 안타까움이 밀려왔다. 이제라도 둘이 허심탄회하게 이야기해 볼 필요가 있다고 생각했다. 그런데 아이들은 고개를 가로저었다.

수희는 친구들이 다 모여 있다가 한 명이라도 화장실에 가거나 자리를 뜨면 자리를 뜬 친구 험담을 한다고 했다. 그래서 그 친구가 돌아오면 분위기 싸해지고 무슨 말을 했는지 다른 친구들은 입을 꾹 다문다는 것이다. 그들도 그런 처지가 될까봐 두려웠단다. 정말 아이들은 그 험담의 대상이 되지 않으려고 늘 수희 곁을 떠나지 않았다고 한다. 수희는 그런 분위기를 만들고 스스로 우두머리 행세를 했단다.

어른들이나 선생님 앞에선 착하고 순수한 모습을 보이면서 막상 저희끼리 있을 땐 잔인하고 비열한 모습을 거리낌 없이 보였다고 한다. 나쁜 욕도 서슴지 않는 이중적인 모습을 보였다며 혀를 내둘렀다.

여덟 명 중 만만하게 보이는 친구 머리카락을 마구 헝클어 놓는다든지, 손바닥으로 친구 뒷머리를 탁 친다든지 하는 일은 부지기수라고 했다. 검지로 친구 이마 한가운데를 밀친다든지 하는 행동도 잦았다고 한다.

"가서 너희 아빠 성기나 더 빨다 와!"

라는 입에 담을 수조차 없는 말도 서슴지 않았고, 마음에 들지 않은 친구는 다른 멤버에게

"저 년 내다 버려."

라고까지 했단다.

또 친하게 지낼 때도 두어 명이 수희네 집 근처에 가면 꼭 한 친구만 들어오게 하고 나머지 한 친구는 계속 밖에서 기다리게 했다나? 아무튼 시간을 끌면서(음식을 만들어 준다든지) 다른 한 친구를 계속 기다리게 했는데 경은이가 제일 많이 겪었다고 한다. 몸도 약하고 여린 경은이가 이야기를 하며 힘들어 했다. 수학 선생님이 꿈인 경은이, 아빠가 일찍 돌아가셨지만 반듯하게 자란 경은이, 글도 잘 쓰고 집중력도 좋은 경은이가 속내를 털어 놓으며 많이 힘들어 했다.

또 없는 일도 눈 깜짝 않고 만들어 낸다고 했다. 얼마 전 수희가 화장실에 앉아서 볼일을 보는데 윤지가 문을 확 밀어 이마를 다쳤다는 둥(문을 잠그고 볼일을 보는데 어떻게 문을 밀어 다칠 수 있느냐 전혀 그런 일이 없다고 기막혀했다.) 눈에 렌즈를 꼈기에 "렌즈 꼈네!"하며 지우가 다가가 손으로 얼굴을 살짝 만지는 시늉을 했는데, 자신의 중학생 언니에게 얼굴을 때렸다고 일러 낭패를 겪었다고 한다.

수희가 A 친구 욕을 메신저 방명록에 써 놓고 B가 A 너 욕하더라, B가 너 이상하대더라 이런 식으로 서로 간 이간질을 시킨 일도 너무나 세밀해서 꾸며낸 이야기는 아닌 듯했다.

그리고 아이들이 서로 눈치를 보다 어렵게 꺼낸 이야기도 했다. 얼마 전엔 근처 상점 지갑 판매대에 가서 도둑질도 시켰다고 한다. 싫다고 해도 훔쳐서 자기 가방이 아닌 다른 친구 가방에 넣으려고 했단다. 서로 거부하는 과정에 급기야 주인에게 들켰다고 한다. 그래서 학교, 반, 이름을 적게 되었고 부모님에게 연락이 간 모양이다.

자신들은 울며불며 부모님을 기다리는데 수희는 눈썹 하나 까딱 않고 있다가 제 어머니가 보이자 그때서야 연기하듯 울음을 터뜨렸다는 거다. 우리 아파트 상가 슈퍼에서는 도둑질하다 여러 번 걸려서 이젠 못 간다는 말도 했다. 아무튼 여덟 명 친구들 모두 이렇게 돌아가며 이간질을 당했다며 분통을 터뜨렸다. 결국 수희는 요즘 여덟 명 무리에서 떨어져 나간 뒤 옆 반 아이들과 친하게 지낸단다. 그런데도 저희들에게 아무 때나 전화를 한단다.

새벽 한 시에도 아랑곳 않고 전화를 해서는 아무렇지 않게 제 이야기를 늘어놓는다고 했다. 특별한 내용도 없이 한 시간씩 붙잡고 있게 한다고 했다.

만약 전화를 안 받으면 다음 날 학교에 가서 전화 안 받은 아이 험담을 해서 전화 안 받은 아이가 교실에 들어오면 싸하게 분위기를 만든다고 했다. 그것보다 더 무서운 건 중학교에 다니는 수희 언니라고 했다. 저희가 곧 중학생이 되면 3학년 선배가 될 자신의 친언니가 있으니 까불지 말라는 식의 협박이라고 했다.

이 대목에선 아이들 모두 긴장이 역력했다. 더구나 자신들이 잘못한 것이 없음에도 수희에게 사과하고 다시 예전처럼 지내야 하는 것 아니냐고 불안해했다. 수희가 다시 우두머리가 되면 미운털이 박혀서 혼자가 되면 어쩌나 힘들어 했다.

물론 부모님에게도 이야기했단다. 그런데 늘 "시간이 해결해 준다, 너희 때는 다 그렇다. 몰려다니지 마라. 친하게 지내라."가 전부였단다. 한술 더 떠 "수희가 그럴 리가 없다."는 반응에다 오히려 수희 말만 믿는 것 같다며 억울하다고 했다.

오늘 아이들 눈빛은 너무나 간절해 보였다. 그리고 털어놓아서 그런지 한 편으로는 후련한 모습이었다. 나는 아이들에게 비겁해지지 말라고 했다. 친해지려고 애쓰지도 말라고 했다. 소심함에서 벗어나 덤덤하게 담대하게 자신의 길을 가라고 말했다.

거짓말로 모함을 하면

"너는 이야기를 참 재밌게 만들어내는 재주가 있구나?"

가볍게 응수해 주라고 했다. 나를 바꾼다는 것도 어려운데 남을 바꾸기는 불가능에 가깝기에 스스로 배짱을 기르라고 했다. 그것이 바로 나를 위하는 길이라며 말이다.

오늘 차를 타고 가다가 차창 밖으로 수희를 봤다. 너무나 밝은 모습으로 다른 친구와 걸어가는 모습이었다. 누구나 자기 입장에서 말을 한다. 내일은 오늘 들은 이야기를 리셋시킨 뒤 수희 이야기를 들어봐야겠다. 입장이 돼 보지 않고 판단하지 말아야 한다.

편견은 나도 죽이고 상대도 죽이는 일이니까.

살아 있는
전설

이십 미터는 족히 되는 폭포에서 떨어진 적이 있다. 말 그대로 폭포 위에서 아래 자갈밭으로 떨어졌다. 그것도 누운 채로.

대략 열한 살 무렵 어머니와 동생들 그리고 고등학생이던 주인 집 딸 은자 언니와 아랫집 봉재 어머니와 봉재, 아무튼 한 무리가 물맞이*를 갔다.

재빼기*였는지 산둘레*였는지 삿갓구름이 보였던 것도 같고, 솔골짝*이었는지 경호강을 건넜는지는 잘 모르겠다. 그저 츠렁바위*와 깎아지른 벼랑 가운데 폭포가 장엄했지만, 아래쪽은 물이 말라 웅덩이 주변이 자갈밭이었다. 그 자갈밭에 어른들이 조붓하게* 앉아 싸가지고 간 고구마며 김치를 펼쳤다.

은자 언니가 사진을 찍자며 아이들을 폭포 위로 데리고 갔다.

새파란 이끼가 낀 폭포 위는 미끄러웠지만 언니는 낭떠러지를 뒤로 하고 우리를 두 줄로 세웠다.

진대나무와 강대나무가 양쪽에서 배경이 되어주었다.

"자, 사진 찍을 때 웃어라. 알았재!"

그렇게 큰 소리로 외치더니 나를 불렀다.

"야, 니 쪼매만 뒤로 가라."

뒷줄에 섰던 나는 뒤를 돌아보며 주춤 한 걸음 물러났다.

그렇지 않아도 발 아래가 미끄러워 곱송이던 중이었다.

그래도 언니는 한 걸음을 더 주문했다.

"쪼매만 더 뒤로 가봐라."

그것이 마지막이었다. 나는 이끼에 미끄러져 폭포 아래로 떨어졌다.

자갈밭에 누운 내가 보였다.

미동조차 없이 눈을 뜨고 누운 나를 보았다.

그런 다음 나는 한없이 펼쳐진 눈부신 꽃동산을 걸어갔다.

걸으면서 왼손을 펼쳐 내 허리춤까지 자란 꽃과 풀의 감촉을 느끼려 했으나 아무런 느낌이 없었다.

그저 평화로웠고, 안온했다.

고요했으며, 그 어떤 감각도 존재하지 않았다.

살면서 그렇게 평온한 기분은 처음이었다.

한참 나이가 들어 어머니한테 여쭌 적이 있다.

내가 그때 어떻게 살아났냐고.

그런데 어머니는 자꾸 대답을 피했다.

태어나기 전에는 배 속에 있는 나를 지우기 위해 언덕 위에서 굴렀다는 전설과 태어나서는 죽으라고 엎어 났다는 전설.

일주일 꼬박 찢어지게 울어서 어찌어찌 의원에 데리고 갔는데 장이 꼬이고, 곤두섰더라는 전설을 비롯해

젖이 나오지 않아 밭에 떨어진 사과를 주워 와 긁어 먹였다는 전설….

.

.

.

아무튼 나는 그런 전설과 함께 살아 있다.

멍순이

　나 살던 지리산 산골에서는 모두가 친구였다. 너럭바위*, 흔들바람*, 화살비도 친구였고, 솔수펑이, 다복솔, 대숲, 탱자나무도 친구였다.

　도라지꽃, 부들, 할미꽃, 봉선화, 채송화, 참싸리, 애기똥풀, 머위 꽃, 까마중, 부추꽃, 현호색, 여뀌, 꽈리, 원추리, 뻐꾹채, 솜방망이, 골무꽃, 겹황매화, 수국, 아까시, 인동, 작약, 깨꽃, 모두!

　살피꽃밭*이며 뒤안길*, 안길*, 에움길*, 논틀밭틀*, 너덜길*, 사랫길*, 산골짝, 채마머리*, 터앝*, 어디에서나 나를 맞아준 친구였다.

그런 내가 너슬너슬하거나* 덤부렁듬쑥*한 풀 속에서 움직이는 것들을 두려워했다. 유난히 꽃구리*가 많던 뜸마을*이라 사느래진* 적이 한두 번이 아니었기에 떡하니 사마귀가 나를 노려보거나 자벌레가 줌패질하는* 모습만 봐도 기겁을 했다. 그즈음에 만난 친구가 멍순이, 우리집에 온 진돗개였다.

생비량에 출장갔던 아버지가 한 마리 얻어 와 식구가 된 멍순이. 순해서 이름을 멍순이라고 지었지만 수컷이었다. 뒷집 옴포동이* 울음이 터지면 그 집 할매가 안고 와 때치! 때치! 헛매질로 달래게 된 것도 멍순이 덕분이었다.

이즈막한 밤, 변소 갈 때도 멍순이 덕분에 겁나지 않았고, 눈물이 그렁그렁 고여 울고 싶을 때도 멍순이를 끌어안으면 마음이 풀렸다. 멍순이와 둔덕에 오를 때면 둑새풀, 쐐기풀이 아무리 자라 있어도 겁나지 않았다.

그런 멍순이가 죽었다. 곁집 쥐약을 먹고 죽었다지만 나는 믿지 않았다. 멍순이는 낯을 가려서 마실도 잘 안 다녔는데 곁집이라니.

그날 과녁빼기집* 아재와 웃마을 아재 친구들이 몰려와서 멍순이를 데려갔다. 악을 쓰며 울고 있는 나는 아랑곳 않고, 솥단지와 두 단이나 되는 졸가리*와 솔가리*를 나눠들고 왁자하게 대문을 나갔다.

내 친구 멍순이와 나는 그렇게 이별했다.

판사님,
판사님,
우리
판사님

아이답게 자라야 할 나이에 나는 어른이어야 했다. 아니 어른 흉내를 내야 했다. 여덟 살 때부터 아버지 외도 현장을 찾아 기웃거렸고, 아버지 기분을 살폈다. 수틀리면 어머니를 싸다듬이하던* 아버지로부터 어머니를 지켜야 했으니 말이다.

아버지 기분을 맞추기 위해서 연애 편지도 대신 썼다. 처음에는 불러주는 대로 썼는데 나중에는 내가 알아서 척척 썼다. 아버지 구애 대상은 다양했다. 초등학교 담임 선생님도 있었고, 보건소 미스 양, 우체국장 딸도 있었다. 어머니의 사랑만으로는 부족했을까? 편지는 수줍고 애절했다. 다 쓴 편지도 쪽지로 접어서 배달해야 했다. 그럴 때마다 나는 골목 구석에 서서 그 얄낱* 편지 귀퉁이를 찢었다. 무서워서 많이 찢지는 못했지만 그것은 내어머니에 대한 작은 복수였다.

그 아버지는 얼마 후 사고로 세상을 떠났다. 그러나 그것이 끝이 아니었다.

법원에서 출두 명령서가 도착했다. 아버지가 우리 모르는 돈을 빌렸다는 것이다. 나는 법원에 가기 전날 밤, 공책에 '호소문', '탄원서' 같은 제목을 붙여 글을 썼다. 반성문보다 무서웠지만 그래도 써야 했다.

다음 날 우리 딸 넷과 젊은 어머니는 법정에 조르르 섰는데 내호소문을 판사님이 읽었다고 했다. 판사님이 정말 네 힘으로 호소문을 썼냐고 물었다. 나는 그렇다고 대답하면서 당돌하게 외쳤다. 우리 어머니는 아무 것도 모른다고. 무덤을 파서 아버지한테 받으라며 말이다. 금세 소문이 퍼졌는지 법원 밖 점방*에 들렀더니 주인 아저씨가 대견하다며 사이다를 공짜로 줬다. 다행히 돈을 갚지 않아도 된다는 판결이 났지만, 어머니는 몇 년간 점방을해서 그 돈을 다 갚았다.

내
나이
열다섯
살에

어머니가 재혼을 하던 때가 떠오른다. 논현동 언덕 아래에서 조그만 슈퍼를 할 때였다. 명문 대학교 건축과를 졸업한 그 남자는 길 건너에 호텔을 짓던 중이었다. 헌걸차고 훤칠한 미남이었다. 가끔 우리 슈퍼에 와서 어묵 국물과 소주 한 잔을 먹고 가던 총각이었다. 그때 어머니를 눈여겨봤다면서 어머니가 처녀인 줄 알았다고 했다. 아무튼 그 남자는 외할머니의 구정물 세례를 몇 번 받고도 뜻을 굽히지 않아 결국 뜨게부부*가 되었다.

그 남자를 나는 조금도 주저 않고 '아버지!'라고 불렀다. 그래야 어머니가 행복할 테고, 나도 버림받지 않을 거란 생각에서였다. 아니 더 솔직해 지자면 새아버지가 생겼으니 '아버지 대신'에서 벗어날 수 있겠지 싶었다.

그러나 세상일은 뜻대로 되지 않았다. 몇 해 지나 결혼식을 올리려던 식장에 새아버지 원가족들이 나타난 것이다. 새아버지를 막무가내로 끌어가고, 어머니는 망연자실 울기만 했다.

'그럼, 그렇지. 그렇게 잘난 남자가 애 넷 딸린 과부와 결혼이라니.'

원가족을 원망할 수도 없었다. 그렇다고 넋 놓고 있을 수도 없었다. 나는 새아버지에게 간절한 편지를 썼다. 어찌할 수 없는 어머니가 울고만 있다는 얘기를 썼다. 동생들도 아버지 언제 오냐고 오복조르듯하며*, 나는 현관문을 걸지 않는다고 썼다.

교복을 껴입고, 편지와 새아버지 방배동 주소를 든 채 집을 나섰다. 회수권이 딱 두 장밖에 없어서 세 장으로 만들어 나갔다.

방배동 주택가를 기웃거리다가 극적으로 새아버지를 만났다. 원가족들과의 갈등을 새아버지도 무시할 수 없었으리라. 그러나 내 편지를 읽고 결심을 굳혔는지, 맨몸으로 돌아왔다. 새아버지가 집에 들어서자 어머니는 퉁퉁 부은 눈으로 다시 울음을 터트렸고, 동생들도 우르르 매달렸다.

그날 밤 나도 이불에 오줌을 싸지 않았다.

졸업식
그날

졸업식이 곧 시작된다는 방송이 나와도 엄마는 오질 않았다. 어찌 된 일일까. 육 년 우등상이 어디 보통 상이냐고 했다. 엄마 장사 도와줘 가며 어렵게 탄 상, 보란 듯이 자랑할 거라며 정말 오랜만에 들뜬 모습이었다. 아버지 돌아가신 후 삼 년 만에 처음으로 웃는 엄말 본 나도 덩달아 들떴다.

미장원 갔다 갈 테니 먼저 가 있으라고 했다. 그런데 오시질 않았다. 나는 자꾸 뒤를 돌아 보았지만 엄마의 모습은 보이지 않았다. 무슨 일이 생긴 걸까? 나는 슬슬 불안해지기 시작했다. 안절부절못하다 강당 밖으로 나가보았다. 미장원이라고 해봐야 작은 읍이라 시장 안에 있는 미모미장원 밖에 없었다.

참다못한 내가 내달리기 시작했다. 교문을 빠져 나와 푸른 사진관, 다정해 다방 앞을 지나 시장쪽으로 내달리는 동안 더 이상 우등상 따윈 안중에도 없었다.

얼마 전에 연탄가스를 마셨던 엄마였다. 살아야 한다는 생각에 안방 문을 밀고 나온 엄마가 마루에 쿵 넘어지는 소리, "수…경아…." 가늘게 부르는 소리에 눈을 번쩍 떴다. 작은 방문을 밀어 젖히는 순간 엄마가 죽어가는 세상에서 가장 무서운 장면을 보아야 했다.

내복바람의 여동생 셋도 모두 깨어 나와 울며불며 축 늘어진 엄마를 흔들었다. 둘째동생이 동치미 국물을 퍼와 엄마 입 속으로 흘려 넣는 동안 나는 신새벽 사랫길을 내달렸다. 읍내에 있는 의원을 향해 달리다 유리 조각이 발바닥에 박히고서야 맨발임을 알았다. 그래도 멈추지 않고 달렸다. 엄마를 살려야 했다. 외로웠다. 돌아가신 아버지가 간절히 그리웠다. 그렇게 살아난 엄마였다.

미장원을 향해 달리면서 '엄마, 엄마, 아무 일 없는 거지?' 나도 모르게 울음 섞인 신음이 이 사이로 새어나왔다. 그때였다.

"내가 과부가 되고 싶어, 됐어?"

엄마였다. 우리 엄마 목소리였다. 막 사거리 상회를 돌아섰을 때 시장길 한가운데 아줌마들이 둥글게 몰려 서 있는 것이 보였다. 그 안에서 엄마의 흐느낌이 흘러나왔다.

나는 생각할 것도 없이 아줌마들을 마구 밀치며 그 안으로 들어섰다. 올림머리를 한 엄마가 땅바닥에 두 다리를 뻗고 앉아 울고 있었다. 내 눈에 핏발이 섰다.

"누구야! 누가 우리 엄마 건드렸어. 아줌마들은 과부 안 될 줄 알아? 앞으로 우리 엄마 건드리기만 하면 내가 가만 안 둘거야!"

찢어지도록 악을 쓰자 구경하던 아줌마들이 슬금슬금 흩어졌다. 고데기를 들고 미장원 문 밖에 서서 구경하던 점원도 슬그머니 문을 닫고 들어가 버렸다.

그날 열세 살, 그 조그만 여자아이는 엄마를 일으켜 세우며 끝까지 울지 않았다. 난 장녀다. 아버지가 안 계시면 아버지 대신이다. 엄마에겐 내가 남편이다. 주문을 외듯 외며

"엄마, 걱정 마. 내가 있잖아. 나만 믿어."

오랜만에 차려 입은 엄마의 살굿빛 투피스에 묻은 흙을 털어내며 말했다.

엄마는 아직도 그 투피스를 소중히 여긴다. 사십 년이 훌쩍 지

났는데도 말이다. 가끔 그 살굿빛 투피스를 꺼내 보이며

"넌 다 잊었지?"

물을 때마다

"뭘?"

하고 너스레를 떤다. 흙도 묻지 않은 투피스를 괜히 털어 보며

"뭘?"

하고 빙긋 웃는다. 찢어지는 아픔이 있었기에 최선을 다해 살았던 우리 모녀는 이제 마음 놓고 웃을 수 있다.

절망보다
더
깊은
웃음

우리 동네에 허름한 세차장이 있다. 심한 당뇨에 머리카락이 듬성듬성 남은 지긋한 아저씨가 주인이자 직원이다. 나는 고객이라고 할 것도 없다. 일 년에 두어 번, 세차를 맡기는 게 고작이니 말이다.

주행거리 24만 킬로미터나 되는 낡삭은* 차, 명절 즈음이나 찾는데도 아저씨는 그때마다 살갑다.

칠이 벗겨진 곳도 색깔 맞는 페인트로 칠해주며

"그냥 두면 녹슬어요. 언제든 부담 갖지 말고 오세요. 칠해드릴게요."

구슬땀을 닦으며 성글성글 웃는다.

그런데 모처럼 들렀더니 문이 닫혔다. 단 하루도 쉬지 않는 곳
이다. 차에서 내려 기웃거리는데 옆 카센터 주인이 다가왔다.

"지금 안 해요. 다쳐서 일 못해요."

손을 내저으며 한숨을 쉬더니 아저씨가 세차 마친 외제차에
받혔단다.

"세차가 맘에 안 든다며 돈 못 주겠다고 했나 봐요. 그래서 '세
차장'이 죄송하다며 그냥 가시라고 했대요. 그러고도 남을 사람
이죠. 왕배덕배*할 사람이 아니거든요.

아, 그런데 차주가 세차장 태도가 맘에 안 든다고… 줄욕을
해대고, 소란을 피웠나 봐요. '경찰 불러, 불러!' 행패를 부리다가
난폭하게 차를 몰고 나가면서 옆에 선 세차장을 쳤대요.

그런데도 세차장한테 일부러 차에 와서 부딪혔다며 보험 사기
라고 했다나요?

아이고, 저는 마침 쉬는 날이라 못 보고, 저기 만두집 주인이
말해주더라고요. 오히려 세차장을 고소한다고 으름장을 놨다면
서요."

"세상에! 그래서 많이 다치셨어요?"

놀란 내 낯빛이 어두워지는데

"죽살이치며* 살았는데 마음을 많이 다쳤죠. 그 순한 사람이…. 족제비도 낯짝이 있지! 그놈, 나쎄나 먹고 아주 상습이에요, 상습! 우리 가게에 와서 차 고친 것도 안 주고 갔어요. 바가지를 씌웠다나 뭐라나. 경찰을 부르고 포달을 부리더니 그냥 가더라고요. 길 건너 고급 아파트 산다는데 세상 참…. 고급 외제차까지 몰고 다니면서 지역 상인들한테 몹쓸 짓이나 하고…."

덥수룩한 머리를 쓸어 올리며 쓸쓸하게 말했다.

이글거리는 쨍볕*에 작은 꽃그늘조차 고맙던 날, 나는 인사를 남기고 그곳을 나왔다.

언제쯤 다시 문이 활짝 열리고 절망보다 더 깊은 웃음을 나누게 될까.

탈피하듯 상처를 벗고, 부디 아저씨와 다시 만날 수 있기를 그늘진 마음에 환한 등불이 자리하기를 빌고 또 빌었다.

젖은 그리움

꿈에서
만난
풍경

2021년 11월 1일 신새벽에 돌아가신 친할아버지를 꿈에서 뵀다. 마치 생시처럼 또렷하게.

처음이었다. 40여 년 만에 처음으로 꿈에서 뵌 것이다.

누군가와 버스를 타고 산골 할아버지 댁, 아니 내가 태어난 집에 갔나 보다.

비질이 말끔하게 된 훤한 마당에 들어서니 할아버지가 안방 여닫이 창호를 열어 놓고 환하게 웃으며 앉아 있었다. 처음에는 내가 누군지 밝히지 않은 채 텃밭이며, 뒤뜰 대밭을 지나 집을 크게 한 바퀴 돌았다.

그러는 동안 할아버지 친구인지 친척인지 한 분이 도착해 두 분이 담소를 나누고, 나는 집 여기저기를 회한에 젖어 싸목싸목* 둘러보았다. 그립던 집, 여전한 집…

그곳에서 할아버지는 누구를 기다렸을까?

나는 가야 할 시간이 다 되었던지 용기를 냈다.

마루를 무릎걸음으로 걸어가 할아버지와 눈을 맞췄고, 할아버지는 상체를 내게 기울였다.

내가 할아버지 큰아들, 원석이 큰딸이라고 말하니 갑자기 할아버지가 허엉 허엉 크게 소리를 내며 울었다. 주름진 할아버지 두 볼에 눈물이 흘러내렸다. 나도 따라 짐승처럼 울었다.

그즈음 할아버지 친척들인지 헌걸스런 남자들이 안방으로 들어섰다.

그 중에 한 사람이 낯이 익은지 어쩐지 내가 상훈이 오빠라고 불렀다.

"상훈이 오빠, 나 기억 나?"

아령칙한* 내 인사에 앉았던 남자들이 잔즐거리며* 나를 쳐다보았고, 멋쩍게 일어나 손을 내민 오빠와 악수를 나누었다.

아무튼 안방에 헌걸스런 남자들(나중에 모친 말로는 저승 사람들이라고 했다.) 한 무리와 이제야 도착했는지 조금 젊은 여자들이 마당에 들어섰다.

북적북적 모꼬지*가 벌어진 듯 들썩이는데 할아버지와 내가 들창이 있는 안방 벽을 뒤로 한 채 주인공인 것처럼 나란히 섰다.

할아버지 옆으로도 웬 남자 하나가 섰으니 셋이 조르르 선 것이다.

서 있으면서 문득 뒤를 돌아보니 유리창 틀에 어머니와 어린 동생들이 조르르 앉은 사진과 또 다른 사진 한 장이 단단히 꽂혀 있었다.

'아, 할아버지가 엄마와 우리를 잊지 않고 계셨구나.'

마음이 어찌나 푸근해지던지. 그 와중에도 마음이 놓여 환하게 웃는데, 누군가 과자를 잔뜩 할아버지 손에 건네고, 할아버지가 그 과자 두어 개를 내 손에 쥐어주었다.

나는 얼른 한 개를 까서 입에 넣었는데 달고 맛났다. 그 기분으로 할아버지 팔에 내 손을 두르고 참 행복해 했다. 그러다 잠이 깼다.

깨끗한 할아버지 모습을 뵈었다. 처음이었다.

나는 침대에 누운 채 어둠 속에서 눈물이 고여 옆에 누운 남편에게 읊조렸다.

"여보, 할아버지, 우리 할아버지를 만났어. 너무나 환하고, 깨끗한 모습이었어. 40년 만에 꿈에서 뵈었어. 정말 좋아."

다시 눈물이 고인다.

이승에서 돌아가신 할아버지를 뵐 수 있었다.

그니

그니는 친구였다. 아니 친구가 아닐까? 그니는 나를 친구라고 생각했을까? 모르겠다. 물어 볼 수가 없다. 하늘나라로 떠났기 때문이다. 이승에서 3박4일 동안 만났고, 저승으로 떠난 지 4년이 흘렀다.

5년 동안 그니는 내 가슴에 있다. 여전히 내 가슴에 살아 있다. 살아서 함께했던 3박4일보다 죽은 뒤 더 오래 함께했다.

그니를 양평 용문사, 템플스테이에서 만났다. 그니는 그곳에서 장기 숙박 중이었다. 나중에야 알게 되었다. 자궁암 수술 후 요양 중인 것을. 더구나 미국에서 교사로 근무하다가 귀국한 것도 말이다.

나 역시 이갈리게 힘들던 2017년 여름이었다. 내게 먼저 말을 걸어 준 그니는 밝았고, 단단했다. 앙상했지만 빛났고, 당당했다.

템플스테이가 끝나던 날, 등산로 입구에 내려가서 파전과 막걸리를 함께했다. 그니는 쌈짓돈을 풀어 계산했고, 그렇게 헤어졌다.

다시 만난 건 장례식장이었다. 물론 템플스테이 이후 몇 달 동안 통화를 했다. 2017년 12월 마지막 밤에도 통화를 하며 2018년을 맞았다.

여전히 힘든 내게 그니는 조언을 아끼지 않았다. 몇 달 후, 추위 때문에 여수 요양원으로 옮겼다고 했다. 담담하게 놀러오라는 말과 함께 풍경 사진도 보내줬다.

그러나 다시 만난 곳은 장례식장이었다. 3월, 꽃샘바람을 허적허적 헤치며 그곳으로 갔다. 믿기지 않았다. 그니의 대학생 외동딸과 치매 초기를 앓고 있던 남편이 상주였다.

성남 화장장에 따라가서 그니의 유골을 마지막으로 보았다. 화장을 마친 뒤 드러난 대퇴골이 유난히 뽀얗게 보였다. 훗날 내 모습이기도 했다.

수목장을 한다고 했다. 상복을 입은 그니의 대학생 딸은 조그

맑고, 가녀렸다. 미안했다. 그냥 미안했다. 그렇게 힘들었으면서 내게 용기와 힘을 줬던 그니에게 미안했다.

그니가 떠난 지 5년이 흘렀다. 그런데 이상하다. 그니는 내 가슴속에 여전히 살아 숨쉬고 있다. 당당하고, 유쾌하게. 너무나 생생하게.

가끔 힘들 때면 그니가 남긴 목소리를 재생해서 듣곤 한다. 2018년 크리스마스 이브에도 통화를 했다.

지금이라도 용문사! 그곳에 가면 그니가 있을 것만 같다. 누구와도 잘 어울리며, 친절하고 당당했던 그니가 환하게 반길 것만 같다.

어쩌면 그니는 부처였을까? 훌훌 또 다른 세상으로 여행을 떠난 그니, 노미자 선생님이 참 그리운 밤이다.

29

친구
딸의
생일

"우웅, 우우웅!"

카카오톡이 울렸다. 연달아 세 번, 진동이라 침대까지 울렸다. 무슨 일일까? 감겼던 눈을 간신히 떠 시간을 보니 새벽 세 시를 조금 넘긴 시간, 보낸 이는 그니 노미자 선생 딸이었다.

생일이라며 삼일 전부터 카카오톡에 뜨기에 기다렸다가 메시지를 보냈는데 답장이 온 것이다.

앞서 말했듯 친구는 이 세상에 없다. 이름은 노미자. 미국에서 교사를 하다가 자궁암 수술을 위해 입국을 했고, 수술 뒤 요양을 위해 용문사에 기거하던 중이었다. 곱아보니 2017년 여름인데 템플스테이를 갔다가 그 친구를 만났다.

활달하고, 명랑했다. 누구와도 스스럼없이 친해졌다. 내게도 '나이가 같으니 친구 어때?'라며 박꽃처럼 웃었다. 비쩍 말라 있었지만 단정하고 맑았다.

나는 그 친구와 '교육'에 관해 많은 이야기를 나눴다. 한참 우리집 녀석이 아프던 시기라 무척 의지가 됐다. 그 친구 덕분에 불안과 두려움을 걷어낼 수 있었다.

짧은 3박4일을 끝으로 영영 볼 수 없게 되었지만, 나는 문득 문득 그 친구 생각을 한다. 여름 용문사에서 함께 산책하던 일이며, 달게 공양하던 모습이며, "이보시오, 선생!" 하고 환하게 부르던 목소리도 생생하다.

그런 친구와 장성한 딸이 함께 지냈다. 차분하고, 뱀뱀이 있는 처녀였는데 대학 졸업반이라고 했다. 제 어머니 이것저것 살피며 템플스테이 온 어린 친구들도 돌봤는데, 바로 그 외동딸이 어제 생일이었던 것이다.

장례 치를 때 본 제 아버지는 젊은 나이에 치매가 왔다고 했고, 부녀가 함께 친척 집에 몸을 의탁하고 있다고 했는데…. 어찌 지내나. 대학은 졸업했는지, 취업은 했는지도 걱정이었다. 제 어머니를 닮았으면 잘 헤쳐 나가리라 믿으면서도 장례 이후 만난 적이 없어 늘 미안한 마음을 품고 살았다.

카카오톡에 올려놓은 사진들을 보며 잘 있다는 소식이려니 생각했다. 그러고 보면 친구 딸에게 나는 특별한 사람이 아니었다. 그렇지 않은가. 템플스테이에서 3박4일 동안 본 사람이 어디 나 하나 뿐이겠는가. 그래서 연락이 더 조심스러웠는지도 모른다.

그런데 카카오톡이 온 것이다. 얼마나 기쁘던지 간신히 이룬 잠이 달아났지만 아깝지 않았다.

그랬다. 오히려 고마웠다. 그저 고마웠다. 날이 밝으면 내 기어코 통화를 하리라. 수줍어하더라도 통화하자고 조르리라. 그래서 미역국 대신 용돈이라도 쥐어 주리라.

어휴. 그래. 미자야, 네 딸 생일이구나….

삼
대

잠이 들면 늘 멀리서 개구리 소리가 들려왔다. 가슴이 뛰었다. 내가 태어나 자란 경상도 지리산 자락 그 고향 냄새를 난 안다. 쨍볕에 익은 풀냄새가 훅 생생하게 가슴으로 파고든다.

새삼 눈물이 핑 돌았다. 우리가 서울로 올라가 애옥살이*를 하고, 애면글면* 살아야 했던 그간의 일이 마치 꿈결처럼 아득하게 느껴졌다. 그래, 그 모든 일은 꿈이었을까? 무수히 깨꽃이 지는 장맛비도 올 것이고, 새벽이 문지방을 넘어 들어와 내 이마에 손을 얹어도 화들짝 놀라지 않을 만큼 따사로운 아침도 오겠지. 가슴에 설움이 소용돌이쳤지만 이내 입술을 꽉 감물었다*.

내가 태어난 집, 마당 환하던 할머니 집은 사라졌다. 할머니와 함께 사라졌다. 그 마당에는 새물내* 보송하게 마르고, 보름달이 놀러 오고, 별밭*이 다녀갔다. 한낮이면 아무렇게나 누워 있던 누렁소의 평온한 모습. 한가로이 하늘을 날던 밀잠자리, 장독대 옆 청포도 익는 달콤새큼한 맛으로 꽉 찼다. 가끔 들리던 풀벌레 날갯짓 소리와 깊은 잠에 빠진 듯 다가오던 고요, 여름의 몸짓과 소리들로 꽉 차 있던 마당도 사라졌다.

대청마루에 앉아서 우리를 맞던 늘 단정하고 빳빳했던 할머니 모습도 사라졌다. 할머니의 의붓자식인 큰아버지가 집을 밀고 이층집을 지은 것이다. 나는 집 언저리만 빙빙 돌며 이제 어렴풋이 꿈속인 줄 알면서도 악을 쓰듯 할머니를 불렀다.

내가 사랑하는 어머니를 내가 사랑하는 할머니는 증오하고 미워했다. 손자를 낳아주지 못해서, 사랑하는 아들을 잡아먹은 년이라서. 나는 그런 할머니를 미워할 수도 사랑할 수도 없어 괴로웠는데 어머니는 그랬다. 불쌍하다고. 할머니가 불쌍하다고 했다. 아들 잃은 그 할머니, 같은 여자로서도 불쌍하다고 말이다. 툭하면 시골 내려가서 그저 손 한 번 따뜻하게 잡아드리고 오라고 했다. 그래도 혈육은 우리들뿐이라며.

그렇지만 난 잊을 수가 없었다. 동생을 해산한 어머니에게 미역국 한 번 끓여주지 않던 할머니다. 해산한 지 한 시간도 안 된 어머니에게 삐져나오는 자궁을 발뒤꿈치로 밀며 군불을 때게 하고, 피 걸레를 꽝꽝 언 강에 가서 빨아 오게 한 할머니다.

내 동생들이 딸이라고 따뜻하게 안아주지도 않던 할머니다. 어머니는 할머니 앞에선 늘 죄인이었고, 얼마나 많은 눈물을 흘렸으면 어머니의 저 가녀린 몸 어디에서 저렇게 많은 눈물이 나올까 신기하기까지 했다. 그렇게 나의 할머니는 더 이상 사랑할 수도 그렇다고 미워할 수도 없는 아프고 저리고 측은한 대상이 되어버렸다.

나는 가끔 꿈을 꿨다. 신기하게도 늘 같은 꿈이었다. 할머니 집 마당에 혼자 서 있는 꿈. 우두커니 서 있는 내게 마루에 앉은 할머니가 무언가 말을 하려고 입술을 달싹였다. 붉게 충혈된 눈은 필사적으로 외치는 핏빛 함성 같았다. 아니 금방이라도 피눈물이 흐를 것 같았다. 나는 머뭇거리며 마루로 주춤주춤 다가섰고,

"어으으으으으…."

할머니 입에서는 알 수 없는 신음소리가 흘러나왔다. 더 가까이 마루로 다가가자 나를 만져보고 싶었는지 손을 뻗으려고 했지만 딱 그만큼이었다. 한 뼘의 거리, 내가 다가가지 않으면 닿을

수 없는.

앉은뱅이가 되어 버린 할머니는 할 수 있는 것이 없었다. 뻗은 팔과 손이 부들부들 떨리는 것을 보던 나는 그만 굳어버리고 말았다. 할머니가 무서웠고, 낯설었다. 더구나 늘 참빗으로 곱게 빗어 비녀를 꽂던 머리는 헝클어지고 언제 감았는지 심한 악취마저 났다. 나는 뒷걸음질을 쳤지만 단정하게 교복을 입은 가슴을 내밀었다.

'봐요! 제가 우리 어머니 큰딸이에요. 할머니 죽은 아들 큰자식이 아니라 우리 어머니 딸이란 말이에요. 할머니가 제 어머니한테 그랬죠? 아버지 돌아가시면서 나온 보상금, 어머니한테서 뺏으려고 우리들 다 고아원 보내고 다른 곳으로 떠나버리라고요. 하지만 어머니는 우리들을 버리지 않았어요. 이렇게 저는 중학교 교복도 입었어요. 이제 촌뜨기가 아니에요. 서울아이가 된 거예요. 그리고 열심히 공부해서 할머니한테 복수할 거예요. 훌륭한 사람이 되어서 우리가 딸이라고 귀하게 대하지 않은 사람들에게도 복수할 거예요.'

나 역시 내민 가슴으로 할머니에게 외치고 있었다. 꿈에서 난 할머니가 사랑 주던 손녀 대신 어머니의 슬픔을 복수할 수 있는 '어머니의 딸'을 선택했다.

할머니는 그런 내게 다시 한 번 애원하듯 '어으으으!' 가슴을 쥐어짜듯 고통스런 신음소리를 내뱉었고, 뜨거운 눈물이 뺨을 타고 흘렀다. 이미 대청마루에 서서 호령을 하던 예전의 할머니가 아니었다. 그런 모습을 보자 갑자기 마음이 약해지는 것을 느낀 나는 스스로에게 화가 났다.

'안 돼! 절대로 용서해선 안 돼. 할머니를 용서하면 어머니를 배신하는 거야. 이젠 됐어. 돌아서서 가버리는 거야.'

내 결심은 끝났다. 소르르 약해지던 마음에 너럭바위를 얹어 더 이상 움직이지 못하게 한 뒤 할머니에게 새된 목소리로 외쳤다.

"할머니. 저는 가야 해요. 안녕히 계세요!"

말꼬리에 힘을 준 채 홱 돌아섰다. 잰걸음으로 마당을 가로 질러 나오는데 뒤에서 갑자기 '쿵쾅' 둔탁한 충격음이 들려왔다. 놀라 돌아보니 대청마루에서 떨어진 할머니가 몸을 만 채 마당을 구르고 있었다. 내가 돌아서 나오려고 하자 마지막 힘을 다해 나를 잡아보려고 하다가 마루에서 떨어져 마당으로 구른 것이다.

그 할머니가, 중풍으로 온몸이 굳어버린 할머니가 내게 참회라도 하듯 내게 몸을 던졌다. 절망에 가까운 몸짓으로 내게 오려고 할 때 난 모질게 눈을 질끈 감았다. 대문을 벗어나기 위해 마구 뛰었다.

　그때 사랫길마다 진동하던 그 깻잎향기를 잊을 수가 없다. 정신이 아득해질 정도로 가득했던 깻잎향기가 할머니의 헝클어진 흰 머리카락과 충혈된 눈과 함께 훅 안겼다. 마당을 구르던 굳어서 조그맣게 말린 모습도 함께.

　꿈에서 깨어나도 그 깻잎향기는 내 주위를 맴돌았다. 얼마 후 할머니가 돌아가셨다는 소식을 듣고 알 수 없는 죄책감에 시달렸다. 왜 내가 그때 할머니 손을 잡아드리지 않았을까? 차라리 한 번 안아 드리고 눈물을 닦아 드릴 걸. 못 이기는 체 용서할 걸. 그랬다면 이토록 힘들지 않을 텐데. 어느새 눈물이 크렁했다*. 하지만 그런 내 모습을 어머니한테는 보이지 않으려 애썼다. 어머니에게 보여서는 안 되는 눈물이었다. 적어도 어머니에게는.

꽃눈개비
내리던
날에

모아 둔 레고가 박스 채 없어진 것이다. 아이가 서너 살 때부터 수년간 모은 레고들을 넣어 둔 박스였다. 높이 50cm, 길이 80cm 가량의 투명한 플라스틱 박스가 거의 다 찰 정도로 소중하게 모아 둔 레고였다.

"레고 박스가 없어졌어, 혹시 못 봤니?"

학교에 다녀 온 아이의 인기척에 현관으로 뛰쳐나가 물었지만 잘 모른다는 대답뿐이었다. 이상했다. 정말 모르면 내 눈을 피할 리가 없었다. 아이가 말없이 제 방으로 들어가서 문을 닫으려는 걸 막아섰다.

"정말 못 봤어?"

이쯤 되면 제 어미가 그냥 넘어가지 않을 거라는 걸 안다. 아이가 고개를 숙인 채 머뭇거렸다. 나는 말없이 아이를 응시했다. 대체 그 많은 레고를 어쨌을까? 돌아가신 외할아버지를 비롯해 가족이며 친척들이 기념일마다 선물로 사 준 것들이다. 혹시 요즘 못된 아이들에게 시달림을 당하는 건 아닐까? 물건을 뺏거나 나쁜 아이들에게 갖다 바친 건 아닐까? 그렇지 않고서야 내 허락도 없이 그렇게 많은 레고를 박스째 줄 리가 없다. 그 짧은 순간에도 수많은 생각이 스쳐 지나갔다.

그때였다. 아이가 고개를 든 것은.

"저… 친구 줬어요."

기어들어가는 목소리로 더듬거렸다. 역시 짐작한 대로였다. 못된 아이들에게 빼앗긴 것이 분명했다. 침착해야 했다. 이럴 때 아이를 다그치거나 윽박지르면 더 입을 다물 수 있다. 심호흡을 했다. 아이가 마음을 열고 내게 기댈 수 있도록 말이다. 나는 마른 침을 꿀꺽 삼키며 다시 물었다.

"어떤 친군데 그 많은 걸 다 줬어?"

"그런 친구가 있어요. 혼자 놀거든요."

"아무리 그래도 그렇지. 그 레고들은 네 추억들이야!"

나는 결국 아이를 앞장 세웠다. 아이는 아주 곤란한 듯 망설였지만 나도 물러설 수 없었다. 내 짐작대로 레고를 빼앗긴 거라면 빼앗는 아이들을 위해서라도 모른 체 할 수 없는 일이었다. 나는 입술을 감물었다.

아이와 도착한 곳은 길 건너 아파트 단지 뒤안길, 낡삭은* 한 뎃집이었다. 문이랄 것도 없는 대충 걸쳐 놓은 판자를 밀고 들어서니 둘이 섰기도 비좁은 수돗가와 바로 붙은 때 묻은 방문이 보였다. 아이는 많이 와 본 듯 익숙하게 "승호야!" 하고 불렀다. 내 가슴이 두방망이질 쳤다. '정말 나쁜 아이면 어쩌지? 그래도 따뜻하게 타이르자, 어른답게.' 강경했던 처음과는 달리 애옥한 살림살이를 보니 마음이 석죽었다*. 그때였다. 부스럭거리는 소리가 방에서 들리더니 방문이 발칵 열렸다.

그 아이가 승호였다. 승호가 메밀꽃처럼 순하게 웃으며 어둑한 방에서 나타났다. 그 모습이 해맑아 마음이 놓이는데 날 발견한 승호 얼굴이 오히려 딱딱하게 굳어졌다.

"네가 승호구나? 이렇게 불쑥 찾아와서 미안해. 하용이가 네게 레고를 줬다기에 정말인가 싶어 와 봤어."

내가 승호 머리를 쓰다듬자 마치 죄라도 지은 듯 고개를 푸욱 숙였다. 그때 방안에서 승호를 부르는 목소리가 들려왔다. 젊은 남자 목소리였다. 승호가 부리나케 방안으로 뛰어 들어갔다. 그리곤 잠시 후 들어오라며 방문을 활짝 열었다.

방안으로 들어서자 퀴퀴한 냄새와 함께 제일 먼저 레고 박스가 보였다. 레고 만들기를 하고 있었는지 작은 방 안엔 레고가 잔뜩 흩어져 있고, 위쪽 구석진 곳에 바싹 마른 남자가 꼼짝 않고 누워 있었다.

승호가 아버지라며 소개했다. 승호 아버지는 통기타 가수였다고 했다. 그런데 별안간 온몸이 굳는 병에 걸렸다는 것이다. 점점 온몸이 굳어져 지금은 노래는커녕 혼자 아무것도 할 수 없다고 했다.

나는 엉거주춤 서서 승호 아버지에게 인사를 했다. 마른 나무처럼 뻣뻣해진 승호 아버지가 누운 채 인사를 했다. 머리맡엔 손때 묻은 통기타가 보였다. 승호가 내 시선을 눈치챘는지 얼른 카세트의 시작 버튼을 눌렀다. 금방 구성진 노래가 흘러나왔다. 너무 틀어서 노래가 늘어졌지만 승호 얼굴에 자랑스러움이 묻어났다.

"아버지가 이렇게 계셔도 좋아요. 엄마처럼 돌아가시지만 않으면 돼요."

묻지도 않았는데 승호가 마치 독백을 하듯 수럭수럭* 말했다.

가슴이 먹먹해졌다. 내 나이 열한 살 때도 그랬지. 아버지가 있으면 좋겠다고. 병들어 누워 있기만 해도 좋으니 내게도 아버지가 있으면 좋겠다고 소원했다. 제 아버지, 어머니 가운데 서서 손 한쪽씩 붙들고 걸어가는 친구를 보면 부러움에 넋이 나간 채 쳐다보았다.

승호가 레고들을 박스에 담기 시작했다. 그리고는 인사를 마치고 밖으로 나오는 내 옷자락을 잡았다. 돌아보니 레고 박스를 내게 내밀고 있었다. 순간 난 화들짝 손사래를 쳤다.

"아니야, 승호야. 됐어. 하용이는 가지고 놀지도 않아."

레고 박스를 외면한 채 밖으로 나오면서

"승호야, 하용이랑 시장에 가서 멸치 볶을 거, 콩나물, 어묵, 소고기 국거리 좀 사오너라."

지갑에서 오만 원을 꺼내 승호 손에 쥐어줬다. 그냥 갈 순 없었다. 조금 전에 승호가 잠깐 열었던 작은 냉장고엔 바닥을 드러낸 김치통과 약 봉지가 전부였다.

"아니다, 아냐! 함께 가자!"

쥐어 준 돈을 든 채 어리둥절해 하는 승호와 우리집 아이를 앞세우고 함께 근처 시장에 갔다. 달걀도 한 판 사고, 부쳐서 조릴 두부도 샀다. 무거울 텐데도 아이들은 산 것들을 신나게 들고 앞서거니 뒤서거니 집으로 달음질쳤다.

두 팔을 걷어 부치고 냄비, 그릇에 묵은 때를 박박 벗겨내고 밑반찬을 만들었다. 달걀을 삶는 내 뒤에서 멸치 똥을 따는 아이들의 구순한* 웃음이 정다웠다. 기웃기웃 다가와 어묵 볶은 것을 손으로 집어 먹던 승호가

"맛있어요! 정말 맛있어요!"

수줍은 웃음을 매단 채 살갑게 외쳤다. 그런 승호와 헤어진 지 벌써 3년이 되었다. 고모가 사는 남쪽 바닷가로 간다던 승호.

"승호는 잘 있을까요?"

우리집 녀석도 문득문득 내게 물었다.

그래, 승호는 잘 있을까? 너무 들어 늘어진 아버지의 노랫소리가 담긴 테이프를 틀어 놓은 채 장작개비처럼 마른 아버지 다리를 꼭꼭 주물러 드리고 있을까? 그러다 아버지 옆에 엎드려 숙제도 하고 그럴까?

꽃눈개비가 뽀얗게 내린다. 승호가 보고 싶다.

외할머니의
응원

친정집으로 가려면 좌회전이니까 1차선에 서야지. 동살*에 일어나 담근 순무김치를 친정어머니한테 드리러 나선 길이었다.

황해도에서 피난 나와 김포에서 자란 어머니는 유난히 순무김치를 좋아했다. 그런데 올해는 오른쪽 얼굴뼈가 부러지는 사고를 당해 대수술을 한 뒤라 김장은커녕 간신히 죽만 데워 드시는 정도였다.

그래도 순무김치를 생각해 낸 건 다행이지 싶었다. 입맛이 분명 돌아올 것이기 때문이다.

아무튼 그 순무김치를 싣고 아파트를 나와 한길 1차선에 정차

했다. 그때 열아홉 살 정도 된 여학생이 손수건을 한 손에 든 채 보행 신호등이 켜지기를 초조하게 기다리고 있는 것이 보였다. 등까지 내려오는 생머리를 찰랑이며 하얀색 블라우스와 검은색 바지를 입은 모습이 목련꽃처럼 눈부셨다.

내 시선은 거기까지였다. 언제 내 진행 신호가 켜지나 신호등을 한 번 바라보고, 먼 산을 바라보다가 창문을 내렸다. 그러다가 다시 고개를 들었을 때 내 시선은 교차로 지나 오른쪽 버스 정류장에 멈췄다. 그런데 하얀색 블라우스를 입은 여학생이 막문을 닫아 버린 버스를 발 동동 구르며 쳐다보고 서 있는 게 아닌가. 그래 맞다. 아까 그 여학생! 건널목을 맹렬하게 뛰었는지 멀리서도 숨이 차서 어깨가 들썩이는 게 보였다.

아, 그러고 보니 버스, 버스를 타려 했던 것이다. 횡단보도에 서서 그 여학생이 타야 할 버스가 멀리서 오는 것을 봤고, 그 버스를 타기 위해 초조하게 보행신호가 켜지길 기다렸다가 맹렬하게 뛰었겠다. 그런데 버스를 놓친 모양이었다.

뒤이어 택시를 잡으려고 애쓰는 모습이 보였고, 두 손으로 얼굴을 감싸며 울음을 터트리는 모습도 룸미러로 보았다.

그 순간 내 진행 신호, 초록불이 켜졌다. 내가 진행해야 할 좌회전과 직진 동시 신호가 켜졌다.

나는 비상등을 켰다가 끄고, 우회전 방향지시등을 켰다가 비상등을 켰다가 하며 천천히 버스 정류장쪽으로 차선 변경을 했다. 그 여학생 옆에 차를 세우자 울고 있는 모습이었다. 창문을 내리고 물었다.

"학생! 저 버스, 타야 돼요? 급해요?"

그러자 여학생이 눈물이 번진 얼굴을 들더니

"오늘 수시 면접인데요. 버스 시간을 잘못 알고 나왔어요."

다시 설움이 북받치는지 말끝이 흔들렸다.

나는 타라고 했다.

"나, ○○아파트 아줌마고, 우리집 녀석도 고 3이예요. 자, 내 신분증 여기 있고요, 괜찮으면 타세요. 제가 ××대학교까지 데려다 줄게요. 20분이면 가겠네요, 뭐."

그러자 여학생 눈이 화들짝 커졌다.

"정말요? 정말 태워 주실 거예요?"

"네, 얼른! 얼른 타요, 얼른!"

내 옆자리에 그 여학생이 오르자 나는 비상등을 켠 채 ××대학교로 달렸다.

어머, 정말 감사합니다. 정말 감사합니다.

여학생이 내게 인사를 하는 동안 조금 전에 놓친 버스가 보였다. 교차로 하나를 지나 ××× IC방향으로 가고 있었다.

"저 버스가 어디로 가는 거예요?"

"광××요! 광××로 가는 거예요. 정말 고맙습니다. 정말 고맙습니다."

안심이 된 학생 목소리가 울먹이다가 밝아졌다. 그러는 동안 버스를 앞질러 ××대학교로 달렸다.

사실은 어젯밤에 요양원에 계신 외할머니가 돌아가셨다고 했다. 코로나19여서 면회도 어려워 일 년 가까이 뵙질 못했다고 했다. 아버지와 이혼한 어머니가 직장에 나가는 바람에 어린 자신을 외할머니가 키워주었다고 했다.

"제게는 돈 버는 엄마 대신 외할머니가 엄마였어요."

말끝을 흐리더니 그랬던 외할머니에게 치매가 찾아왔고, 어쩔 수 없이 요양원에 모신 지 두 해만에 돌아가신 것이라고 했다.

소식 듣고, 달려가지도 못하고 밤새 울었다고 했다. 뜬눈으로 밤을 샌 뒤 시험 보러 가지 말까 자포자기였다고 했다. 그런데 퍼뜩 외할머니가 이런 내 모습을 보면 뭐라고 하실까 싶었단다. 부리나케 달려 나왔지만 버스를 놓친 상황이었다고 했다.

"외할머니가 아주머니를 만나게 해주신 것 같아요. 참말로 고맙습니다."

내리기 전까지 나는 끝없이 고개만 끄덕여주었다. 그러면서도 그 여학생 말처럼 돌아가신 외할머니가 나를 보내신 거라면 얼마나 다행이란 말인가. 내 응원처럼 시원한 바람이 여학생을 따랐다.

외할머니가 바람이 되었나 보다.

젖은
그리움

　눈포단* 앉은 설날 아침, 헉헉거리며 공동 현관 앞 눈을 치웠다. 집에서 가지고 간 빗자루로는 현관 앞과 서너 계단을 치울 수 있었지만 주차장으로 향하는 길은 어림도 없었다. 어쩌나 난감해하는데, 저만치 제설 넉가래가 보였다. 어젯밤에 내린 폭설로 드르륵 드르륵 눈을 치우던 관리 사무소 직원들이 잠시 놓아 둔 넉가래 같았다.

　모자를 벗으니 땀이 모락모락 피어올랐다. 이미 몸은 땀범벅에다 허리에 붙인 파스 효과도 다 되었는지 통증이 왔지만 그냥 들어갈 수는 없었다. 제설 넉가래를 들고 드르륵 드르륵 길을 냈다. 아이가 조작조작 나와서 만들었을 작은 눈사람은 섬을 만들며 넉가래를 밀었다.

눈의 무게가 상당했다. 멀리서 부우웅 부우웅 눈 치우는 기계 소리가 들렸다.

설빔을 차려 입고 차에서 내린 아이들에게는 새해 복 많이 받으라고 인사도 건넸다. 성당에 다녀오던 7층 아주머니는 나를 알아보고 화들짝 반가워했다.

그때 근처에 까만색 승용차 한 대가 시동을 건 채 계속 서 있는 게 보였다. 보아하니 주차할 곳을 찾는 것 같은데 눈이 많이 쌓여 고민하는 눈치였다. 그래서 얼른 주차할 수 있게 한 칸 눈을 치웠다. 그러자 조용히 다가와 주차를 한 뒤 노신사가 내렸다.

"장모님 모시러 왔는데 허허, 미안합니다. 수고를 끼쳤습니다."

허리까지 굽혀 인사를 했다. 나도 얼른 넉가래를 놓고 허리를 굽혀 인사를 드렸다. 301호 어르신을 모시러 왔다고 했다.

아! 301호면 나도 아는 조쌀한* 어르신이다. 주간에는 노인보호 센터 봉고차가 와서 모시고 갔다가 저녁거미가 내리면 돌아오신다. 아침, 저녁으로 옆 아파트에 사는 외동따님이 늘 오가며 어르신을 봉양했다. 그런데 어쩐지 요즘 그 따님이 안 보인다고 물었더니 잠시 머뭇거리다가

"아내가 작년 겨울에 암으로 세상을 떠났습니다. 장모님에게는 여태 알리지 않았는데 어떻게 아셨는지 무덤에 가자고 해서 달려 온 겁니다."

말끝을 흐리던 노신사는 공동 현관쪽으로 발걸음을 재촉했다.

잠시 후 부쩍 쇠잔해진 301호 어르신 모습이 보이기에 얼른 다가가 부축을 했다. 서너 계단을 내려와 자동차 뒷자리에 앉혀 드리사 할머니가 물끄러미 나를 올려다보았다. 따님이 생각났을까. 힘없는 눈동자가 흔들렸다.

그렇게 승용차는 천천히 떠났다.

저승으로 떠난 중년의 딸과 이승에 남은 아흔의 어머니는 2022년 설날에 젖은 그리움으로 만나겠지.

다시 눈이 쏟아졌다. 나는 넉가래를 쥔 채 하염없이 눈을 맞았다.

어머니와
어머니

반남 박씨(潘南 朴氏) 성을 쓴 외증조모님을 뵀다. 아니 직접
뵌 것이 아니라 엊그제 차례상 차릴 때 지방을 쓰며 뵀다.

항상 모친이 "너희 외증조모님은 양반 가문의 '발람(발음이 그
랬다)' 박씨 성이다. 꼿꼿했고 단정했으며 전쟁 때문에 피난 내
려와 병마와 싸우면서도 옷에 티끌 하나 붙이고 다닌 적이 없다.
그런 가운데 손녀인 나를 그리 애지중지했다." 그리 회상했는데
그럴 때마다 그러려니 했는데 이번에 뵀다.

우연히 모친이 지방이 제대로 적혔는지 보라고 해서 봤더니
글쎄 둘째동생이 인터넷에서 조부모 지방 쓰기를 견본 그대로 써

놓은 것이다. '김해 김씨' 성이 왜 적혀 있지? 뭐지? 이러다 알게 된 사실인데 어휴. 이제까지 다른 분 제사 지냈다. 모친 눈빛이 흔들렸다.

장사할 때 그 힘든 장사 끝내고 우리 할아버지, 할머니, 손녀가 해 준 밥 한 끼 잡숫고 가라고 떠놓았는데… 어쩌겠어. 뭐. 다른 분하고 또 나눠 잡쉈겠지. 금방 얼굴이 밝아지는 모친을 바라보며 결국 반남 박씨 우리 외증조모님 지방을 이야! 이번에 제대로 쓴 것이다.

반남 박씨. 연암 박지원 선생이 내 조상님이라니. 결국 우리 모두가 한 뿌리구나. 차례상을 차리며 마음가짐이 달라지는데, 곁에 앉은 모친이

"우리 할아버지가 내 똥을 두루마기에 묻히고 다니셨다. 귀한 자손이 태어났다며 이거 내 손녀 똥이요. 이럼서 자랑하고 다녔단다. 그렇게 귀한 자손이었는데 우리가 전쟁 만나 그 고생하고, 피난 내려와 우리 할머니께서 늘 '나 죽으면 우리 귀한 자손 이렇게 만든 김일성이 그 놈을 만나 손톱을 죄 뽑아 다 씹어 먹을 거다!'라고 했단다. 아무튼 할머니 아프실 때 그 어린 내가 산에 가서 검불 긁어다 불 때 병간호했거든. 그때마다 '나 죽으면 우리 정숙이는 내가 끝까지 보살필 거다.' 하시더니 정말 우리 할머니가

나를 보살펴 주신 게 틀림없어. 내가 죽을 고비를 그렇게 넘기고도 여태 산 거 보면 말이야. 내가 명이 긴 건 우리 할머니가 보살펴 주신 덕이야.”

옛이야기 끝이 없다.

“우리 할머니 돌아가시고 마루 한쪽에 하얀 천을 쳐 놓고 밥을 떠 놓았거든. 우리 어머니는 생선 팔러 강화에 나가고, 어린 내가 조석으로 밥을 올렸는데 어느 날 글쎄 정 떼느라 그랬는지 소름이 오싹 끼치고 무서워지더라. 그랬는데 그날 밤에 자는데 우리 할아버지·할머니가 이렇게 나란히 앉아 나를 내려다 보며 정숙아, 무서워 마라. 네가 주는 건 무엇이든 잘 먹으마. 고맙다. 이러곤 잠이 깼어. 그런데 그 다음 날부턴 하나도 안 무서웠다.”

그랬다. 반남 박씨. 우리 외증조모님을 이렇게 만났다. 내 아이의 어미, 그 어미의 어머니, 그 어머니의 어머니, 또 그 어머니의 시어머니, 모두가 그래. 뿌리 없는 자손이 어디 있겠는가. 하아. 좋다. 외증조모님을 직접 뵌 듯 마음이 푸근하고 참 좋다. 난 결코 혼자가 아니었다.

증조할머니! 저 정숙이 딸이에요. 증조할머니가 그렇게 예뻐 하던 예! 저 정숙이 딸이에요.

여탕
블루스

집 근처 공중 목욕탕에 갔다. 아, 여긴 여탕이다. 남탕은 저쪽
이니 남자 분들은 들어오면 안 된다.

(남자는 남탕으로!)

아무튼 탕으로 들어가 내가 자리 잡고 앉자마자 뒤쪽에서
"아야! 엄마아!"

비명이 들려왔다. 돌아보니 대여섯 살 된 아이를 엄마가 때수
건으로 씻기고 있었다. '아야! 아야!' 날카로운 비명 소리가 물방
울마다 매달렸다. 아, 얼마나 아픈지 나도 안다. 살갗이 벗겨지

는 아픔으로 숨이 막힌다는 사실도 안다.

나도 그랬다. 살갗이 벌겋게 달아올라 쓰라려도 어머니는 아랑곳없이 내 살을 때수건으로 싹싹 밀었다. 요리조리 어머니 손길을 피하면 미꾸라지 소금 발라 놓은 것 같다며 내 엉덩이를 사정없이 찰싹찰싹 때리며 나를 꽉 잡고 빡빡 때를 밀었다.

안개 속에 갇힌 것처럼 수증기로 꽉 찼던 동네 목욕탕, 숨이 막힐 것 같던 열기, 너무나 뜨거웠던 물. 나는 벌겋게 달아오른 얼굴로 어떻게든 도망치려고 버둥댔다. 꼭 죽을 것만 같았다.

그런 두려운 기억을 가진 나였기에 이 아이 마음, 너무나 잘 알았다. 내 앞에 붙은 거울로 아이 얼굴을 자꾸 힐끗거렸다. 그렇다고 아이 어머니에게 다가가 '아프니 밀지 마세요.' 할 수도 없는 노릇이었다. 내 오지랖이 아무리 넓다한들 이건 어찌할 수 없는 노릇이다.

그러는 사이 내 옆으로 올망졸망한 아이 둘과 아이들 어머니, 할머니로 보이는 네 사람이 앉았다. 아이들 어머니가 샤워를 하는 동안 얼마 남지 않은 흰 머리카락을 비녀로 쪽진 조그만 할머니가 때수건을 들었다. 아무래도 딸의 수고를 들어줄 오량으로 아이를 씻기려 하는 것 같은데 순간 아이 어머니가

"안 돼, 엄마! 애들 연약한 피부를 그런 걸로 밀면 어떡해!"

날카롭게 할머니 손을 뿌리쳤다. 무안해진 할머니가 애써 침착한 얼굴로 딸의 얼굴을 가만히 바라봤다.

'세월이 참 빠르지요, 할머니. 할머니가 엄마일 때가 생각나시지요? 원래 내 자식보다 손자들 볼 때가 더 어렵다더라고요.'

마음으로 위로를 건네는데 왠지 할머니 얼굴에 쓸쓸함이 묻어났다. 순간 아, 어디서 요구르트 냄새가 났다. 아, 맛있는 냄새... 냄새를 따라 두리번거리니 저만치 아주머니 한 분이 얼굴에 바르고 있었다.

아, 그런데 왼쪽 얼굴이 모두 까맣게 화상을 입었다. 얼른 고개를 돌려 못 본 체했다. 뽀얀 요구르트를 바르는 만큼 화상 입은 얼굴이 다시 뽀얗게 되면 얼마나 좋을까.

"427번! 427번!"

마침 크게 외치는 소리가 들렸다. 고개를 돌려보니 목욕 관리사다. 얼른 가격표를 봤다. '전신 17,000원, 등 10,000원.' 맞다. 나도 등을 밀어야 하는데 등 밀어 줄 사람을 두리번거리며 찾는 중에 아까 손녀들 씻기려다 만 할머니와 눈이 마주쳤다.

할머니가 때수건 낀 손으로 '밀어줄까요?' 하는 시늉을 했다. 나는 얼른 고개를 끄덕이며 등을 내밀어보였다.

할머니가 내 등을 밀 때 느껴진 따뜻한 손길이 좋아 자꾸 웃음이 나왔다.

"대충 미세요. 힘드세요!"

나는 얼른 몸을 돌려 할머니를 바라보았다. 고혈압이라 공중
목욕탕에 못 오는 친정어머니가 떠올랐다. 나는 그날 내 어머니
를 씻겨 드리듯 할머니 몸을 씻겨 드렸다. 괜찮다고 등만 밀라는
할머니 말씀은 들은 체도 않고 말이다. 우스갯소리로 웃겨드리며
온몸 구석구석 묵은 때를 벗겨드렸다.

노인을
위한
나라

8층 헌걸찬 할아버지는 새로 이사 온 분이다. 보름 전에 이사 왔는데 승강기를 타지 않고 늘 계단을 이용하기에 나처럼 운동 삼아 오르내리시나 했다.

그렇게 계단에서 몇 번을 마주쳤다. 그러다 오늘 어둑한 계단에서 또 뵌 것이다.

"아! 안녕하세요? 운동하세요?"

반가운 마음에 큰 소리로 인사를 하자 할아버지가 걸음을 멈추고 잠시 숨을 고른 뒤

"아니요. 우리집 할머니가 다리를 못 써요. 그래서 불이라도

나면 업고 내려가야 하잖소. 그래서 이렇게 계단을 오르내리며 연습을 하는 거요. 우리집은 두 늙은이만 살거든요. 하하하."

계면쩍게 웃으며 이마에 맺힌 땀을 옷소매로 닦았다. 그렇지만 나는 따라 웃을 수가 없었다. 마지막까지 남편으로서, 가장으로서 책임을 다하려는 할아버지의 결연한 의지에 숙연해졌다.

혼자 사는 친정어머니 생각도 났다. 혹시 새벽에 아프면 어쩌나. 숨도 못 쉴 만큼 아프면 어쩌나. 늘 아프면 119로 바로 전화하라고 신신당부하며 전화를 끊지만, 마음은 늘 혼자 구부리고 잠들 친정어머니 옆을 기웃거렸다.

그래도 저 어르신은 두 분이 의지하고 사시니 얼마나 좋은가.

다시 계단을 오르기 시작하는 어르신 뒷모습을 한참이나 부럽게 바라보았다.

그러던 며칠 후 우리 동 밖에 구급차가 보였다. 가까이 다가가다가 흠칫 멈춰 섰다. 얼핏 보니 8층 할아버지였다. 계단을 오르내리며 힘을 기른다던 할아버지가 들것에 실려 구급차를 타고 있는 것이다.

"낮에 꽃 배달 일을 하셨대요. 용돈 벌이도 하고, 근력도 기른다며 일을 했는데 무리를 하셨나 봐요. 협심증으로 쓰러졌대요."

다행히 할머니가 발견해서 구급차를 불렀고, 생명에 지장은 없다고 했다.

그 후로 나는 8층에 자주 들락거렸다. 초인종을 누른 뒤 잘 계시는지 안부를 여쭸고, 인터폰으로 마음을 나눴다.

"살던 동네가 아니어서 외로웠는데 고마워요. 이렇게 말동무가 되어줘서."

할머니가 그런 말씀을 하실 때마다 나는

"저도 돌아가신 할머니가 그리웠는데 이참에 우리 할머니 해주시면 안 돼요?" 엄부럭*을 부렸다.

진정 어른의 지혜가 필요한 나를 위해서 말이다.

시린
이

"먹을 때마다 이가 시리다니까!"

치과 치료실 안에서 들려오는 할아버지 목소리가 새청맞다*.

먹을 때마다 이가 시리다는 할아버지와 진료 결과 썩은 게 아니라 마모가 되었다는 의사 목소리도 카랑했다.

"그러니까 오래 써서 갈린 거예요. 그런데 이걸 치료로 들어가면 씌우고, 신경치료까지 해야 되고 일이 커지니까 그냥 조심해서 쓰세요."

땅딸한 의사 목소리가 새치름했다*. 그도 그럴 것이 이 대화 내용이 벌써 네 번째 반복 중이었기 때문이다.

대기실에서 진료 순서를 기다리던 나는 옅은 한숨을 내쉬었다. 오늘 처음 왔다는 서른 중반의 샐러리맨과 장바구니를 든 중년 여성, 커트머리를 곱게 파마한 할머니도 힘겨워 보이긴 마찬가지였다. 간호사를 향해 짜증스런 눈치를 보내거나 새무룩한* 표정을 감추지 않았다.

간호사들 역시 치료실과 대기실을 오가며 구두덜거렸다*. 그때 다시 할아버지의 새된 목소리가 들려왔다.

"아, 내가 아는 영감은 치과에서 싸게 씌우고 왔던데, 왜 그럼 나는 안 씌워?"

할아버지는 아는 영감님 이야기를 새로 등장시켰고

"그건 말이죠. 메운 겁니다. 글루 건으로 메운 게 아니라 딱-풀 아시죠? 임시방편으로 메운 겁니다. 그런 건 추천 안 합니다. 금방 다시 문제가 돼요."

의사 역시 딱-풀을 강조하며, 슬슬 마무리하려는 말투였다. 그러나 할아버지는 치료 의자에서 일어날 기미가 보이지 않았다.

"그래서 그냥 가라고? 먹을 때마다 이가 시린데? 이가 시리다니까!"

"제대로 씌우려면 비용도 제법 드는데 그럼 진행해 드릴까요?"

"비용이 얼마나 드는데? 말해 봐. 비싼 건 말도 꺼내지 말고!

씌우면 하나도 안 시리고, 멀쩡해져? 내가 젊을 때는 말이야. 호두도 어금니로 깼어."

할아버지 이야기는 그렇게 이십여 분이나 더 이어졌다.

그러는 동안 대기실 할머니가

"저렇게 말씀을 많이 하면 이는 어떻게 치료해."

혼잣말로 못마땅해 했고, 연신 시계를 들여다보던 샐러리맨은 한숨을 백 번 쯤 쉰 것 같다. 중년여성은 그냥 가버렸다. 진료실 쪽을 찢어지게 한 번 노려본 뒤 말이다.

할아버지는 치료비를 계산하면서도 정지된 카드 때문에 천산지산하더니*, 치료비를 계산한 뒤에도 생뚱맞게 감자 보관법까지 이야기했다.

외로웠나보다. 고달팠던 삶이며 어려웠던 삶, 떠오르는 삶을 말할 데가 없었나 보다. 시리고 아픈 어금니처럼 연약해진 외로움을 내놓을 데가 없었나 보다.

나도 그래서 치과 밖으로 나가려는 할아버지를 불러 세웠다.

"어르신! 감자를 신문지에 싸면 안 썩어요?"

내 외로움이 다가갔다.

옻

옻. 엄마가 옻에 올랐다고 했다. 저 멀리서 가게 문이 닫힌 걸 보고 놀라 달려오던 길이었다. 쪽문을 쾅당 열고 들어서며

"엄마!"

찢어지게 외쳐 불렀던 기억이 난다. 두려움 가득한 목소리로 말이다. 엄마의 모습을 찾아 두리번거리는 날 보고 쉿 입다짐하며 할머니가 말씀하셨다.

"지금 약 먹고 막 잠들었으니 조용히 해라."

"어디가요, 어디가 아프세요?"

다그쳐 묻자 옻이 올랐다고 했다. 산에 갔다가 옻이 올랐다는 것

이다. 나는 신발도 벗지 않은 채 무릎걸음으로 마루를 기어 방문을 사알짝 열었다. 아, 엄마였다. 벽을 바라보며 모로 누운 엄마 모습이 보였다. 그런데 뒷목이며 팔에 빨간 반점이 벌겋게 올라 있었다. 아직 군불을 때는 친할머니 땔감을 구하러 산에 갔다가 그리 되었다는 것이다.

"엄마아…"

내 입에서 울음이 새어나왔다. 그 소리를 들었는지 엄마가 간신히 뒤돌아보았다. 그리곤

"경아, 엄만 괜찮아. 동생들 밥 좀 네가 챙겨 먹이고 할머니 도와서 가게 문 좀 열어라."

힘에 겨운지 띄엄띄엄 마른침을 삼키며 말을 잇던 엄마가 신음소리와 함께 다시 벽을 향해 모로 누웠다. 나는 그런 엄마를 꼬옥 안아주고 싶어 신발을 털고 막 안으로 들어가려는데

"아서라!"

할머니의 목소리가 내 뒷덜미를 잡아챘다. 놀란 내가 흠칫 멈추자 옮는다고 했다. 엄마 근처에도 가지 말라고 했다. 옻은 옮는다고 했다. 덧창으로 새어 들어온 햇살이 살그머니 내 낡은 양말 위에 올라앉았다. 나는 한참 동안 그 양말을 내려다 보았다.

할머니가 다른 쪽으로 가시길 기다리는 동안 양말에 올라 앉

앉던 햇살도 먼지기둥과 장난을 치던 고요한 시간은 짧았지만 꽤 오랫동안 내 기억에 남아 있다. 드디어 할머니가 가게쪽으로 나가신 걸 확인 한 나는 얼른 방 안으로 들어섰다. 그리고 살그머니 엄마 뒤로 가서 누웠다. '엄마, 아픈 거 나 줘. 내가 다 가져갈게.' 내가 엄마 등 뒤에서 엄마를 꽉 끌어안았을 때 꿈결인 듯 엄마도 내게 그랬던 것 같다.

"옮는다. 저리 가."

그럴수록 내가 더 꽉 끌어안은 걸 엄마도 알았을까? 아무튼 할머니의 말씀은 적중했다.

나도 옻이 올랐다. 벌겋게 반점이 생겼다. 간지럽고 따가웠던 옻. 덕분에 엄마와 나는 처음으로 단 둘이 있게 되었다. 동생들의 큰언니, 큰딸이 아닌 엄마와 나, 단 둘이 실뜨기도 하고 두 다리 사이에 두 다리를 끼우고 아침바람 찬바람에 놀이도 하고, 손바닥치기도 하며 어리광을 피웠던 내 기억 속에 몇 안 되는 행복했던 시간을 엄마도 기억하실까?

원
조
오
지
랖
여
사

어리광을
드릴게요

"악!"

적당히 살집이 있는 젊은 여자였다. 채혈을 하던 중에 아팠는지 외마디 비명과 함께 팔을 들여다보며 짜증을 부렸다. 화이자 1차 예방접종 후 몸이 좋지 않아 2차 의료기관을 내원했던 어제 오후였다.

"아, 진짜 너무 아프잖아요."

"혈관이 잘 안 보여서요. 다시 한 번 해볼게요."

간호사는 미간을 좁힌 채 여전히 혈관을 찾았다.

"아니요. 잘 놓는 분 없어요?"

단호하게 팔을 빼던 여자가 잠시 두리번거리더니 마지못해 다시 팔을 내밀었다. 다른 간호사들 다급하고 분주한 모습에 포기한 듯했다.

두 번째로 시도한 채혈은 성공이었다. 채혈을 마친 여자는 의자를 밀고 일어나더니

"연습 좀 더 하셔야겠네요!"

쉰 목소리에 인상을 비틀었다. 옆 의자에 둔 머플러며 커다란 가방을 낚아채 나가면서도 걸음이 곱지 않았다.

'딩동!'

그 다음이 내 차례. 이름과 생년월일을 말하라고 했다. 나는 아이처럼 또박또박 내 이름을 힘주어 말하고, 마치 암호를 대듯 생년월일을 말했다. 나를 확인한 간호사가 팔뚝에 고무줄을 묶더니 주먹을 꽉 쥐라고 했다.

나는 가능한 한 초연한 모습이고 싶었다. 공포에 갇히고 싶지 않았다. 얼굴에 쌕 웃음을 바른 채 주먹을 꽉 쥐었다. 꽉, 더 꽉, 어금니를 꽉 깨문 채 주먹에 힘을 줬다.

그런데 간호사가

"끝났어요. 주먹 펴세요."

무심히 고무줄을 풀었다. 어라? 벌써요?

아니나 다를까. 팥죽빛 내 피가 주사기 다섯 개에 누워 있었다.

"야, 참말로 잘하시네요. 조금도 안 아팠어요. 역시 전문가는 달라요."

공포에서 놓인 내 목소리는 감동으로 커졌다. 그런 내게 간호사가 비로소 피그시* 웃었다. 다행이다. 웃었다. 웃었어.

나는 마음이 놓여

"제가요. 화이자 1차 부작용으로 검사받으러 왔어요. 힝. 무서워요. 힝."

어리광까지 부렸다.

조금 전 그 젊은 여자가 내뱉고 간 '연습 좀 더해야겠다.'는 말이 부디

내 어리광으로 지워지기를 바라며 말이다.

나서야
할
때

수능 사진을 찍어야 한다는 저희 집 녀석을 데리고 대형 마트로 향했다. 사진관 몇 군데를 갔는데 일요일이라 문을 닫은 것이다. 화이자 2차를 맞은 날이지만 나온 김에 찍는다기에 그러자 했다.

지하 주차장에 들어섰는데 장보러 나온 사람들이 많았다. 아무래도 걱정돼서 녀석만 올려 보내고 나는 차에 있었다.

그런데 잠시 후 신경질적인 경적소리가 들리는 거다. 놀라 룸미러로 봤더니 출차하려는 차량들이 갑자기 몰려 있는 게 아닌가. 아니나 다를까, 차단기 앞에 차 한 대가 움직이질 않았다. 더구나 조그만 할머니 한 분이 영수증을 든 채 무인 주차 관제 시스템 앞에서 안절부절못하고 있었다.

그래도 나는 차에서 안 내렸다. '나서지 말자. 제발! 오지랖 여사. 곧 직원이 올 거야.' 내게 주문을 걸었다. 그러면서도 계속 할머니 모습을 힐긋거렸다.

약 2분 가량 흘렀을까? 여전히 차단기는 올라갈 생각을 않고, 출차할 차량들은 꾸역꾸역 밀려 나와 뒤엉켰다.

나는 나도 모르게 운전석에서 내렸다. 그때 마침 출차하려고 줄을 선 할머니 운전자가 창을 반쯤 내린 채

"저기 노인네가 나이가 많아서 못하고 있나 봐요. 젊은 사람이 좀 도와줘요."

안타까운 웃음과 함께 부탁을 하지 않겠는가.

물론입니다! 나는 이미 'YES'를 매달고 차단기 쪽으로 날아가고 있었다.

다가가 보니 운전석에는 할아버지가 망연자실 앉아 있고, 할머니는 영수증을 들고 여전히 쩔쩔매며 서 있었다.

장을 본 뒤 11만 원이 찍힌 영수증을 바코드 찍히는 곳에 넣어도 7천 원인 주차요금을 결제하라고 나온다는 거다. 그래서 신용카드를 넣었는데 그래도 오류가 뜬다는 거다. 그러고 보니 할머

니 손에는 신용카드가 들려 있었다.

이런! 이건 무슨 일이야, 대체!

"호출 버튼 누르셨어요?"

"아니요. 안 눌렀어요."

당황한 목소리가 하얗게 떨렸다.

나는 얼른 꾹, 꾹 두 번 정도 호출번호를 눌렀더니 신호가 갔다.

잠시 후 음악소리가 흘러나오고 여성 안내원 목소리가 들렸다.

"네, 무슨 일이신가요?"

"구매한 영수증이 있는데도 차단기가 안 올라가요. 여기 ×마트, ○○점이에요. 뒤에 어마어마하게 밀려 있어요. 빨리 열어주세요!"

"아, 그럼 얼마 구매하셨어요?"

"11만 원이요!"

"그럼 다시 영수증 넣어주세요."

"에러나요! 지금 계속!"

그런 대화가 빠르게 오간 뒤 딱 2초 만에 차단기가 올라갔어요. 브라보!

나는 할머니에게 얼른 타시라 말씀드린 뒤 출차 정리까지 했다. 뒤엉켜 있는 차량들을 향해

"나오세요, 나오세요! 아니, 한 대씩! 거긴 잠시 기다리세요! 한 대씩 왼쪽부터!"

내 목소리가 지하 주차장에 쩌렁쩌렁 울리고 조금 전에 말을 걸었던 할머니가

"고마워요. 내가 사람을 잘 골랐네요."

웃음을 건네며 떠났다.

그렇게들 주차장을 빠져 나갔다, 썰물처럼.

내가 다시 운전석에 탄 뒤, 조금 있으려니 우리집 녀석이

"주차장에 들어서는데 엄마 목소리 들리던데 아니죠?"

라는 말과 함께 차에 탔다.

이미 알고 있다는 듯 웃음을 건네기에 나도 웃었다. 웃음으로 다 아는 우리는 가족이다.

촛불과
거울

친정 일로 며칠 집을 비웠다가 귀가한 뒤 막 한숨 돌리고 있는데 인터폰이 왔다. 1107동 1503호라고 화면에 찍혀서 얼른 받았다. 사실 관리실 외에 세대 간 인터폰은 처음이라 약간 긴장하면서 "여보세요." 조심스럽게 목소리를 냈다.

그런데 어질고, 차분한 노년의 아주머니가 음식물 재활용 카드를 주웠다는 거다.

"며칠 전에 음식물 수거함 옆에서 주웠는데 마침 동호수가 적혀 있어서 인터폰을 몇 번 했어요."

그런데 집에 아무도 없는 것 같더란다. 현관 문고리에 걸어둘까 하다가 혹시 도둑맞을까 봐서 며칠을 오갔던 모양이다. 그런데 조금 전에 집 안에서 인기척이 들려서 현관 문고리에 걸어 두고 왔다고 했다.

"밖에 나가보면 있을 거예요."

아주머니가 주신 친절에 몸 둘 바를 모르고 나는 인터폰에다 대고 연신 굽실굽실 인사를 드렸다.

부리나케 나가보니 글쎄 참말로 문고리에 카드가 걸려 있는 거다. 아, 내가 부담 느낄까봐 조용히 걸어놓고 갔던 거다. 같은 동도 아니고 길 건너 동인데 며칠을 마음썼을 발걸음.

이 고마움을 어찌하지?

무춤서서* 움직일 수가 없었다. 그런데 오늘 음식물 쓰레기를 버리러 갔는데 쓰레기통 앞에서 어쩔 줄 몰라 하는 주민 한 분을 만났다.

왜 그러냐고 물었더니 음식물 카드를 안 가지고 나왔다는 것이다. 더구나 번호판을 눌러 투입하려는데 비밀번호가 계속 틀린다고 했다. 어쩔 수 없다며 발걸음을 돌리는데 내 카드를 투입함에 댔다.

"넣으세요, 여기에."

내가 열린 투입함을 가리키며 웃자 아주머니가 화들짝 놀랐다.

아니, 그래도 되냐고 너무 미안하다고 어휴, 아휴! 세상에! 고마
워서 어쩔 줄을 몰라 했다.

빛을 퍼트릴 수 있는 두 가지 방법이 있다고 했던가. 촛불이
되거나, 그것을 비추는 거울이 되거나.

우리 선한 이웃들은 그랬다. 모두가 촛불이고 거울이었다. 정
이 담긴 밝고 따뜻한 빛이었다. 그렇게 세상을 밝혔다.

가슴밭에
품은
아이들

같은 아파트, 옆 동에 사는 일흔 넘은 친정 어머니와 근처 초등학교 운동장으로 저녁 운동을 나갔다. 저녁밥을 먹고 나면 어머니는 나이 든 큰딸, 내 등을 민다. 내 불룩한 배를 걱정스레 바라보며 말이다. 물론 지금 바쁘다며 손사래 쳐도 안 통한다. 그날도 억지로 따라나선 운동장은 컴컴했다.

"아, 여기도 가로등 하나 세워졌으면 좋겠어요."

난 컴컴한 것이 싫다. 산골에서 자란 탓일까? 본능적으로 컴컴한 곳이 싫어 어머니 손을 꽉 잡았다. 그런 내 모습이 재밌는지 어머니는

"겁은 누굴 닮아 이리 많누?"

내 손을 더 꼭 잡으며 싱긋이 웃었다.

"자, 이렇게 팔을 힘차게 젓고 조금 빨리 걸어야 운동이 돼. 그렇게 느리게 걸어서는 효과가 없대. 자 이 운동장 네 것이라고 생각하고 두 팔을 힘껏 저어!"

어머니는 잡고 있던 내 손을 놓더니 군인들이 훈련받을 때처럼 팔을 머리 위까지 흔들며 걸었다.

"아, 엄마 천천히요! 배 아파요! 근데 발품새가 웃겨요."

웃음을 베물며 함께 운동장을 걷고 있는데 저만치 저뭇한 구석에서 사람 목소리가 들려왔다. 달빛도 없는 밤이지만 희끄무레한 것이 여럿 뭉쳐 있는 것이 보였다. 그런데 가만히 보니 반딧불이 같은 불빛 여러 개가 목소리가 있는 곳에서 휙 휙 날아 다녔다. 분명 담뱃불이었다.

"다른 데로 가요, 엄마."

다급하게 어머니 손을 잡아끌었다. 그런데 어머니는 자꾸 그쪽으로 향하는 것이다.

"아냐. 목소리 들어보니 애들 같다. 가봐야겠어. 너 운동장 돌고 있어."

어머니는 이미 그 목소리들이 있는 곳으로 서푼서푼* 다가가고 있었다. 아, 또 우리 어머니 원조 오지랖 여사! 발동 걸렸다. 그래도 그렇지 나 혼자 운동장을 돌라니 내가 아무리 이 상황이 싫대도 어둠 속으로 걸어가는 어머니를 어떻게 모른 체 한단 말인가.

"엄마! 기다리세요! 같이 가요!"

가쁜 호흡을 달고 어머니가 걸어 간 쪽으로 부리나케 뛰었다. 어머니는 이미

"아들! 담배 피우는구나. 그 귀한 몸에 병이라도 생기면 어쩌니!"

중학생 쯤 돼 보이는 빡빡머리 남학생 손을 한 손으로 잡고 또 한 손으로 등을 쓰다듬고 있었다. 그런 어머니를 배스름한* 애들 여럿이 둘러쌌다.

"엄마…. 집에 가요, 그만 가요."

어머니 옆으로 다가간 내가 옷자락을 잡아끌었다. 그러자 키 작고 깡마른 남학생 하나가 못마땅하다는 듯

"할머니가 뭔 상관이에요!"

침을 찍 뱉으며 말했다. 달빛은 없었지만 이미 학생들 모습은 밤빛으로 훤히 다 보였다. 여학생 하나와 남학생 다섯.

"저 할머니 누구냐? 너 아냐?"

머리를 노랗게 염색한 남학생이 손이 잡힌 남학생에게 묻자

"아니, 내가 어떻게 알아."

잡힌 손을 슬그머니 뺐다.

"뭐야! 아줌마들은!"

한참 아무 말 없이 함께 서있던 긴 머리 여학생이 새청맞게* 물었다. 남학생들이 그 여학생을 '말카'라고 불렀다. '말카'는 히브리어로 '여왕'이라는 뜻이라는 걸 나중에 알았다.

"나도 담배를 피웠거든. 근데 몸에 확실히 안 좋더라. 그래서 너희들에게 말해주려고 다가온 거야. 내 아들도 너희 만할 때 피웠거든. 너희, 열여섯 정도 되었지?"

어머니는 아무렇지 않게 학생들을 둘러보며 물었다.

"뭐, 말하자면 그렇죠."

침을 찍 뱉으며 안경을 쓴 뚱뚱한 남학생이 대꾸했다.

"내 아들도 열다섯 살 때 담배를 피웠거든. 난 정말 하늘이 무너지는 줄 알았어. 담배가 몸에 안 좋기도 하지만, 걔는 담배를 펴서는 안 되는 큰 이유가 있었어. 병이 있었어. 뇌전증이라고."

어머니가 앞에 서 있던 여학생, 말카 손을 잡았다 놓으며

"치마가 짧아서 춥겠다. 내 점퍼 벗어 줄 테니 좀 덮어."

윗옷을 벗어주니 엉거주춤 어머니 옷을 받아 들었다.

"아무튼 그 녀석 때문에 얼마나 많이 울었는지 몰라. 담배 한

개비에 든 팔백여 가지나 되는 독극물을 들이 마신다는 것도 그렇지만 그러다 뇌전증이 악화될까봐. 그래, 그럼 나랑 같이 죽자. 그래서 우리 아들과 함께 담배를 폈어."

담배를 피웠다는 어머니의 말에 구석에 앉아 잠자코 담배를 피던 스포츠머리를 한 남학생이 다가왔다.

"그렇다고 함께 담배를 피웠어요? 그러기 힘든데…. 아무튼요, 저희 걱정해 주는 건 고마운데 이제 가세요. 저희가 할머니 자식들도 아니잖아요."

스포츠머리를 한 아이 목소리가 날카롭고 단호했다.

"그러세요. 할머니, 저기 아줌마. 모시고 가세요! 가."

함께 서 있던 학생들이 어머니를 슬쩍 밀더니 내게 위협적으로 말했다. 난 학생들 눈치를 보며 제발 어머니가 가주기를 하느님께 부처님께 아니 세상의 모든 신들께 빌었다. 그러나 우리 어머니, 원조 오지랖 여사의 오지랖이 발동했는데 그냥 갈 리가 만무했다.

"나, 지금 너희들 내 자식들이다 생각하고 이렇게 말하고 있는 거야."

학생들이 동시에 어머니를 쳐다봤다.

"내가 남의 자식이고 남의 일이라고 생각하면 왜 여기서 이러고 있겠니? 너희가 내 자식과 똑같지, 다를 게 뭐 있어. 똑같은 어미 마음이야. 너희가 건강하게 자라야 군대도 가고, 건강한 아기도 낳고, 행복하게 살지. 그래야 우리나라에 미래가 생기지. 그래서 그러는 거야. 얘들아, 당장은 힘들겠지만 담배 끊어보지 않을래?"

그 학생들 어머니가 된 우리 어머니 눈빛이 반짝였다. 난 안다. 진정 어머니는 그 학생들 어머니가 된 것이다. 자식 사랑에 빠진 것이다. 그렇지 않고서야 그 억척보두* 같은 학생들 손을 잡고 등을 쓸어줄 수 있겠냔 말이다. 그때 노랑머리 남학생이 헛기침과 함께

"저도 담배, 끊고는 싶은데 잘 안 돼요."

피우던 담배를 비벼 끄며 말했다.

"그래. 나도 처음엔 잘 못 끊겠더라. 그래도 세상에서 제일 강한 것은 자신의 의지래. 결국 내 의지로 끊었거든. 우리 아들도 느낀 바가 있는지 끊더라. 끊는 게 당장 힘들면 우선 풋고추랑 복숭아 많이 먹어, 니코틴을 해독해 준대, 얘들아."

어머니는 노랑머리 학생 덕분에 힘을 얻은 듯했다. 손을 뻗어 노랑머리를 다정하게 쓰다듬었다.

"그래요? 알았어요, 노력해 볼게요."

그러더니 노랑머리가 다른 학생들에게

"야, 담배 꺼. 할머니가 이렇게까지 우리를 걱정해 주시는데 계속 피우고 있는 건 아닌 것 같다. 야! 담배들 끄라니깐."

그러자 학생들이 하나둘 담배를 비벼 끄기 시작했다.

"특히나 우리 딸, 이렇게 춥게 입고 다니면 자궁이 약해지고, 냉이 많아져. 더구나 나중에 불임이 올 수도 있어. 그러니 당장 예쁜 것 생각하지 말고 옷 따뜻하게 입고 다니자. 응?"

어머니 옷을 엉거주춤 손에만 들고 있던 말카는 어머니 말씀에 멋쩍어하며 남학생들 눈치를 살폈다. 그때

"근데 아주머니, 우리 안 무서우세요?"

뚱뚱한 남학생이 어머니를 보며 물었다.

"무섭긴 뭐가 무서워. 너희가 뭐 호랑이냐, 귀신이냐. 다 내 자식들 같은데…. 자식이 잘되길 바라고 이끌어 주는 것이 부모야. 너희가 잘못을 모를 땐 가르쳐 주고 바른 길로 이끌어 주는 그런 존재가 부모인 거야. 그런 부모가 자식이 무섭다면 되겠어?"

그러는 동안 마음을 푼 학생들과 어머니와 나는 어느새 벤치 두 개에 나란히 앉았다.

"우리는요, 그런 것 잘 모르고요, 아무튼 어른들 하는 얘기 이렇게 오래 듣고 있었던 적도 없고요, 우리더러 이렇게 나무라는

어른도 없었어요. 모두들 무섭다, 무섭다 피해가기만 했거든요. 사실 우리도 담배가 몸에 나쁜 것도 알아요. 괜히 호기심에서 멋있어 보이려고 피우기도 하거든요. 그런데 그런 우리를 뭐 사랑까지는 아니더라도 진심으로 생각해서 말리고 보듬어 주는 어른들이 있냐는 거죠. 우리를 무슨 더러운 쓰레기 취급하는 어른들도 많잖아요. 뭐 어쨌든 고맙습니다. 할머니."

그렇게 무섭게 보이던 깡마른 남학생이 멋쩍은 듯 희죽 웃기까지 했다.

"우리도 사실 집에 가고 싶어요. 이 추운 날 운동장에서 떨고 싶겠어요? 집에 가도 아무도 없으니까 마음 맞는 친구들 만나는 거예요. 친구들은 내 고민 다 들어주잖아요. 아빠나 엄마나 다 우리를 위해서 돈 번다고 하지만 우리는 아빠 엄마가 집에 있는 따뜻한 집을 원해요. 우리 이야기를 들어주고 함께 고민해 주고…."

여학생이 추운지 자꾸 코를 훌쩍이며 조용조용히 속마음을 내비쳤다.

"맞아요. 사랑과 관심. 딱 그거네. 그런데 우리가 그런 얘기를 하면 배부른 소리 한대요. 공부, 공부, 공부나 하라고 하고 대학, 대학하기만 하고 우리말은 들어 볼 생각도 안 해요. 공부 못하면 패배자 취급하고, 형하고 비교하고, 아버지는 툭하면 몽둥이 들고 두들기는데 집에 가고 싶겠어요?"

스포츠머리 남학생은 화가 나는 듯 허공에 주먹을 한 번 휘두르며 말했다.

"그래도 오늘 기분이 좋네요. 무조건 야단만 치는 어른들만 있는 줄 알았는데….'

추운지 점퍼에 달린 모자를 끌어 쓴 아이 얼굴이 평화로웠다.

"너희가 가장 하고 싶은 일 있니? 너희가 하면 가장 잘 할 수 있는 일. 그 일을 하고 살면 행복할 수 있는 일, 그런 것 생각해 본 적 있니?"

어머니는 밤하늘을 쳐다보며 말했다.

"전, 목공이요. 나무로 뭘 만들 때가 좋아요. 우리집 책상도 제가 만들었는데 아버지가 술 먹고 와서 망치로 부숴버렸어요."

운동화를 구겨 신고 있던 노랑머리 남학생이 침을 또 찍 뱉으며 말했다.

"전 그림그릴 때요."

빡빡머리 남학생이다.

"난 얼마 전에 관현악부에 갔다가 트럼펫 부는 걸 보고 불어보고 싶던데요."

스포츠머리 남학생은 트럼펫 부는 흉내를 내며 말했다.

"전, 드럼이 멋져요. 드럼 보면 흥분돼요."

깡마른 학생이 드럼 치는 흉내를 냈다.

"난 먹을 것 만드는 게 좋아요. 요리사, 정말 근사하지 않아요?"

뚱뚱한 남학생이 입맛을 다시며 말할 때 안경 속의 눈이 반짝였다.

"전 글을 써 보고 싶어요. 소설을 쓰다가 놔둔 것도 있거든요. 내 모든 상상하는 것들을 글로 써 보면 어떨까 하는 생각 자주 해요."

방시레 웃으며 고개를 숙이는 여학생 위로 별똥별이 떨어졌다.

"다 해봐. 남을 때리거나 죽이는 일, 물건을 뺏고 훔치는 일, 남을 괴롭히고, 욕하고 거짓말하는 일, 성추행하거나 성폭행하는 다시 말해 내가 행복하자고 남을 불행하게 하는 그런 일만 빼고 다 해봐. 잘 안 된다고 해서 실패했다고 움츠러들지 말고, 경험했다고 생각해. 자전거 배울 때 넘어졌다고 실패했다 말하지 않듯이 말이야. 많이 넘어질수록 잘 타게 되듯이 말이야. 내가 훗날 하고 싶은 일을 하면서 행복하게 사는 것을 상상해 봐. 그 상상을 늘 너희들 곁에 둬 봐. 꿈을 이야기하는 너희들이 지금 얼마나 반짝반짝 빛나는 줄 아니? 저 밤하늘의 별보다 더 반짝여. 이 엄마 눈엔 너희가 보석처럼 빛나."

어머니는 목이 메는지 잠시 눈을 감았다 다시 뜨며

"뜨거운 냄비는 탁 놓으면 돼. 어떻게 놔요? 그냥 탁! 어떻게 해요? 라고 묻는 건 하기 싫다는 뜻이고. 하고 싶으면 딱 해보는 거야. 목공예가 하고 싶으면 지금 당장 사득다리 하나 주워서 깎아보는 거야. 나뭇결도 살펴보고, 단단한 나무인지 무른 나무인지 연구도 하고. 그렇게 시작하는 거야. 관현악부 당장 가서 트럼펫 배우고 싶다고 말해 보는 거야. 배우려면 악기라도 닦으라고 하면 예, 하겠습니다. 대신에 트럼펫을 매일 한 시간씩 불게 해주세요, 도와주세요. 말하는 거야. 드럼, 요리, 글쓰기도 그렇게 시작하는 거야. 부딪혀 보는 거야. 뭐든 할 수 있어. 세상에서 가장 큰 적은 바로 내 자신이라는 것을 잊지 말고, 해 봐. 그래서 우리 이 다음에 인연이 닿아 만나면 자랑해! 기꺼이 엄마가 박수 쳐 줄게."

희부연 달빛에 드러난 학생들은 아무 말도 없이 가만히 침묵 속에 앉아 있었다. 그러나 그 침묵은 무겁지 않았다. 이 넓은 우주에 나는 우리는 한 작은 존재일 뿐이지만 우리가 없으면 우주는 불완전하다는 것을 깨닫게 되길 빌며 작별했다. 그때 운동장을 저벅저벅 걸어 나오는 우리 뒤에서 한 남학생의 굵직한 목소리가 들렸다.

"할머니! 아니 엄마, 엄마는 참 좋은 어른이에요."

그 소리를 들으며 어머니도 손나발을 만들어

"사랑해! 사랑한다!"

가슴밭에 품은 학생들에게 외쳤다. 밤빛에 어머니 얼굴이 환하게 빛났다.

원조
오지랖
여사

한파가 닥친다는 뉴스를 듣고 당장 전화기를 들었다. 복도식 아파트인 친정집 수도계량기가 걱정이 되었기 때문이다. 작년에도 한파 때문에 수도계량기가 터져 얼마나 고생했는지 모른다. 그런데 전화를 받은 어머니는 작정하고 이미 따뜻한 옷가지로 내 새끼 싸매듯 싸맸다며 씩씩했다. 마음이 놓여 안심하고 잠들었는데 갓밝이에 전화가 울렸다.

친정어머니였다. 놀라 전화를 받은 뒤

"수도계량기 터졌어요?"

다급히 여쭸더니 아니란다. 나란히 붙어 있는 옆집 수도계량기가 터졌는데 드라이기로 말리고 난리라는 거다.

"근데 왜? 어머니 목소리가 왜 그리 다급해요?"

재차 물었더니 삼십 대 우리 막둥이 나이쯤 되는 새색시 집이
란다.

"딸 같은데 어찌 가만히 있니?"

뜨거운 물 나르고, 이제 돌 지나 보이는 얼뚱아기* 데려와 같
이 놀고, 끝나면 같이 밥 먹으려고 동태 넣어 둔 거 꺼냈단다. 부
글부글 한 솥 끓여 먹을 생각이란다.

손 큰 우리 어머니, 하얀 할머니도 한 대접 드릴 거란다. 여기
서 하얀 할머니는 친정어머니 두 집 건너 사는 할머니다. 처음에
는 할아버지와 할머니 두 분이 다정하게 살았다. 여든을 훌쩍 넘
은 연세인데도 어찌나 깨끗하고 다정한 모습인지 모른다며 늘 어
머니가 부러워했다.

교양 있고, 말씀도 무게 있다는 두 분은 전쟁 때 북에서 피란
내려와 만났단다. 자식이 셋이나 있었지만 결핵과 사고로 모두
잃었다고 했다.

그런 하얀 할머니에게 친정어머니는 수시로 반찬을 가져다 드
렸다. 두 분 입맛에 맞춘 반찬을 따로 만들기도 했다. 하얀 할머
니와 할아버지는 그런 어머니를 자식에게 의지하듯 했다.

얼마 전 할아버지가 돌아가신 뒤

"나 혼자 이제 어떻게 사우."

울고 계신 하얀 할머니를 위해 조석으로 죽을 끓여 들고났다. 이제는 제발 어머니 드실 만큼만 요리해서 드시라는 말씀도 안 드린다. 살고 계시는 아파트 옆동, 뒷동, 곁동 경비원이 모두 알 정도로 생선조림 솜씨가 소문났다는 소리를 들어도 놀랍지 않다.

나누고 베풀 때 행복하다는 친정어머니이기 때문이다. 꽃을 보면 꽃이 좋은 게 아니라 내가 좋다는 원조 오지랖 여사. 그분이 내 어머니여서 참 다행이다.

한밤의
울음소리

밤 열한 시, 주차하고 차 문을 여는데 "엄마! 어디 계세요?"
하는 남자아이의 울음 섞인 외침이 들렸다. 얼른 소리나는 쪽을
보니 검은 그림자가 보였다.

"엄마! 제가 잘못했어요. 어디 계세요?"

오륙 학년쯤 되어 보이는 남자아이가 어둠 속에서 절규했다.
나는 시동을 켠 뒤 아이쪽으로 황급히 차를 몰았다. "빵빵!"경적
을 울리자 아이가 멈춰 섰다. 그 틈에 차에서 내려

"아가! 무슨 일이니?"

놀라 외쳤다.

"제가요, 잘못했거든요. 그러니까 엄마가 죽는다고 나가셨어요. 우리 엄마 좀 찾아 주세요."

달빛에 비친 아이 얼굴은 눈물로 번들거렸다. 나는 주머니에서 휴대전화를 꺼내 아이가 불러주는 대로 전화를 걸었다.

그런데 신호만 갈 뿐 전화를 받지 않았다. 숨죽이며 지켜보던 아이가 두려움에 떨며 악을 썼다.

"엄마아! 우리 엄마 죽었나 봐요. 어떡해요? 엄마아!"

제자리에서 홀딱홀딱 뛰었다. 다시 어둠 속으로 내달리려는 아이 팔을 재빨리 붙들었다. 혹시 모를 사고가 일어날 수도 있기에 일단 아이를 달랬다.

"아가, 아줌마는 210동 000호에 살아. 그러니 걱정 말고, 저기 경비 아저씨한테 말씀드려서 아줌마 차를 타고 엄마를 찾아보자. 그게 더 빠르겠지?"

마침 주차 단속하는 경비원이 보였다. 다가가 자초지종을 이야기하니 흔쾌히 그러자고 했다.

그렇게 셋이 차를 타고 아파트 에움길(굽은 길)을 돌 때였다. 아이가 "엄마다!" 하고 외마디 비명을 지르며 차 문을 열고 뛰어내렸다. 놀라 차를 세우고 보니 아이가 엄마 품에 안겨 한덩이가 되어 있었다.

아이 엄마는 작년 이맘때쯤 교통사고로 남편을 잃고 홀로 오 륙 학년 연년생 남자아이 둘을 키운다고 했다. 그런데 요즘 마트 에서 일하고 오면 두 아이가 게임만 해서 엄포를 놓는다는 게 그 만 이렇게 되었다고 했다. 속상해서 동네를 좀 돌다 아이들이 좋 아하는 딸기를 사가지고 들어오던 참이라고 했다.

이야기를 듣던 아이가 어둠이 울리도록 목 놓아 울며 제 엄마 허리춤을 꽉 틀어쥐었다. 나는 한덩이가 된 두 사람을 토닥여 주 었다. 달빛도 가만가만 두 사람의 머리카락을 쓸어 주었다.

익어가는
청춘

"괜찮아요?"

"좀 더 좀 더! 됐어요!"

"오케이, 사장님!"

아침 여덟 시, 시끌시끌해서 베란다로 나가 밖을 보니 앞 동 4층, 오늘 이사를 하나 보다. 사다리차 웅웅웅 올리는 소리, 아래서 4층 창을 향해 외치는 소리가 우렁우렁하다.

'오케이, 사장님'을 외치던 사다리차 청년 목소리가 경쾌하다.

20대 후반 정도 된 젊은 목소리가 아침을 싱그럽게 채웠다.

"이쪽으로 가시면 위험합니다. 조심하세요! 고맙습니다."

식사 준비를 하고 있는데 그 경쾌한 목소리가 또렷하고, 유쾌하게 들려왔다. 아마 오가는 주민들에게 전하는 소리지 싶은데 참 기분 좋은 말투다. 찜통더위에 풀이 꺾일 법도 한데 열시 반이 되도록 목소리는 산드러지고 명랑하다.

"저도 도와야죠. 아, 주세요! 저도 힘 좀 씁니다."

사다리차 작동을 멈췄을 때는 내려 온 짐을 함께 트럭에 실었다. 마치 테트리스처럼 착착 박스가 쌓이는 모습이 경이롭기까지 했다.

열한 시쯤 되었을까? 화단에 살충제를 친다는 관리실 방송이 들렸다.

"부우웅, 부우웅!"

분무기계에서 약이 뿜어져 나오는 소리도 뒤이어 들렸다. 창을 닫아야 했다. 베란다로 달려 나가 창을 닫는데 분무 차량이 이삿짐 트럭 앞에서 멈췄다.

빵빵!

요란한 경적과 함께 운전석에서 아저씨가 내렸다.

"이런! 약 맞았어요? 작동 잠시 멈췄는데 오작동을 했나 보네. 아 진짜! 미안합니다. 얼른 씻어내야 하는데!"

당황하는 빛이 멀리서도 역력했다.

함께 일을 하던 이삿짐 직원 두 분도 청년 쪽으로 달려왔다.

"닦아, 얼른!"

자신들 목에 두른 수건으로 닦아내며 발을 굴렀다.

그 모습을 보던 내게 번쩍 떠오른… 그랬다! 물뿌리개!

광으로 달려가 물뿌리개를 꺼냈다. 텃밭에 쓰느라 둔 10리터짜리 물뿌리개에 물을 받기 시작했다.

분명 샤워할 곳도 없을 테고, 시간도 촉박할 것이다. 이걸로 머리와 얼굴, 팔만 헹궈내도 당장 위험한 일은 벗어날 것이다.

우리 집 녀석에게도 양동이 물 한 통을 더 들고 따라오라 이르고 현관을 박차고 나갔다.

그렇게 다급하게 내려가서 앞 동을 향해 외쳤다.

"여기요! 여기! 이 물 쓰세요!"

내 목소리가 그 청년 목소리보다 더 크게 울려 퍼졌다.

"어휴, 고맙습니다. 딱 샤워기네, 샤워기!"

내가 내민 물통을 받아 청년 머리에 뿌리던 이삿짐 직원들 목소리가 아직도 생생하다. 씻어내면서도 연신 인사를 하던 그 청년의 명랑한 목소리도 말이다.

청년은 나에게 준 씩씩하고, 밝은 에너지는 모르겠지? 그 에너지가 퍼지고, 퍼져 다시 자신에게 돌아갔다는 것도.

주차 전쟁

우리 아파트 지하 주차장에 에폭시 공사를 시작했다. 각 동마다 14일간 했는데 어제부터 우리 동이 공사를 시작한 것이다.

다행히 지하 2층 공사를 먼저 하면서 지하 1층은 주차가 가능했다. 그렇지만 지하 2층에 주차하던 차량이 지상에 주차하게 되면서 다들 주차할 곳을 찾아 헤맸다.

여우비 내리던 어제 오후였다. 지상에 주차한 내 차에 볼일이 있어 내려갔는데 새청맞은* 목소리가 들려왔다.

"아니, 어르신! 비켜주세요. 주차를 해야 하잖아요!"

그 목소리 주인은 주차를 하려던 SUV 차량 운전자 아주머니였

다. 그러고 보니 우산을 쓴 할머니가 내 차 옆 빈자리에 꼼짝 않
고 서있었다.

난감한 아주머니가 목소리를 돋웠지만 할머니는 입을 꾹 다물
었다.

우산을 더 깊게 눌러 쓰며 얼굴을 가렸다.

"어머머. 정말 이상한 할머니시네."

더 이상 안 되겠다 싶은지 아주머니가 창을 닫으며 다른 곳으
로 떠나는데, 마침 소형 자동차 한 대가 점멸등을 켠 채 천천히
다가왔다.

비로소 할머니가 움직였다. 기다렸다는 듯 손으로 신호를 했
다. 우산을 높이 치켜 든 채 두 팔을 휘젓더니 그제야 빈자리에서
비켜섰다.

그런데 주차된 운전석 문이 열리며 목발이 먼저 쑥 나왔다. 머
리가 희끗한 할아버지였다. 내가 얼른 다가가 우산을 씌워 드렸더
니 가볍게 목례를 했다.

얼마 전 산책을 하다가 개에게 정강이를 물렸단다.

"치료를 받는 동안에라도 지상에 있는 장애인 주차구역에 주차
할 수 있냐고 했더니 안 된다고 하대요. 목발을 짚는데도 안 된다
고 하네요. 허어 참. 멀쩡한 사람들도 장애인 주차구역에서 내리

던데 뭔가 합리적이지 못해요."

할아버지 목소리가 잦아들었다. 지하 주차장과 승강기가 연결되지 않은 아파트라 목발을 짚는 할아버지가 계단을 오르내리는 건 불가능했다.

그제야 할머니 태도가 이해가 되었다.

나는 내 전화번호를 할머니 전화에 입력시켜 드렸다.

"혹시 주차장에 주차할 곳 없으면 전화하세요. 제 차 빼드릴게요. 저는 늘 집에 있어요."

그렇게 말씀드리고는 손을 흔들었다.

이 아름다운 봄날, 지체 없이 사랑하고 서둘러 친절해야겠다.

남산의
응급환자

몇 해 전 겨울이었다. 작정하고 서울로 향했다. 남산에 가보고
싶어서.

유명한 〈남산돈가스〉는 다음으로 미루고 케이블카를 탔다. 생
각해 보니 30년 만에 타보는 케이블카였다. 고소공포증이 있었
지만 참을 만했다. 오랜만에 만난 남산 모습과 저녁거미가 내린
야경 덕분이었다.

자물쇠가 잔뜩 매달린 사랑의 명소를 지나 부랴부랴 전망대로
향했다. 아주 옛날에는 천천히 회전하며 풍경을 구경하던 레스토
랑도 있었는데 아직도 있나?

살필 겨를도 없이 전망대에 오른 남편과 아이 사진을 찍어 줄
때였다.

옆에 선 중년 부부가 이상했다.

살집이 있는 아주머니가 몹시 불안해보였다. 옆에 선 조금 마
른 아저씨 얼굴은 벌겋게 상기되어 있었고.

"악!"

그 순간 아주머니가 외마디 비명을 질렀다. 아저씨는 쓰러졌
고. 주변에 있던 사람들은 모세의 기적처럼 갈라져서 그 모습을
지켜봤다.

구급차를 전망대 직원이 부른 듯했다.

"119! 119!"

남자 직원과 여자 직원이 119를 외치며 바삐 무전을 하고 있
었다.

다행히 의식은 있어 보였다. 그런데 구급대가 전망대까지 올
라오려면 시간이 걸린다는 거다. 차라리 전망대 아래로 옮기는
게 낫겠다는 판단이었나 보다.

"내려가실 수 있겠어요?"

남자 직원이 묻고, 빠르게 아저씨 옆으로 두 사람이 붙어 부축
했다.

아저씨는 신음소리를 내며 가쁘게 숨을 내쉬었다. 아무래도 불안했다. 빨리 내려가서 맑은 공기를 쐬는 게 좋겠다 싶었다.

그런데 계속해서 전망대로 사람이 몰려들었다.

열린 승강기에서 꾸역꾸역 사람들이 내렸고 내려가려는 사람들로 인산인해였다.

그렇다고 상황을 모르는 사람들을 나무랄 수도 없었다.

그 순간 나도 모르게 소리쳤다.

"환자 발생! 환자 발생! 비켜주세요. 삐오! 삐오! 삐오!"

외국인들도 내 우렁찬 소리를 듣고 화들짝 길을 비켰다. 삼삼오오 서 있던 사람들도 뒤로 물러났고.

"삐오, 삐오, 삐오!"

승강기 앞에 선 사람들까지 뒤로 물리고

"삐오, 삐오, 삐오!"

승강기 문이 열리자마자

"서둘러 내려주세요! 환자 발생, 환자 발생!"

사람들을 내리게 한 다음

직원들과 아저씨, 아주머니를 타게 했다.

어휴, 비로소 나오던 안도의 한숨이었지만

'비상사태'를 외치는 기계음처럼 내 '삐오, 삐오, 삐오'는 계속 따라가고 있었다.

그때 그 아저씨는 무사히 치료 받았겠지?

맑은 공기 마시며, 들숨과 날숨이 진정되었겠지?

제때 구급차가 도착하고, 적절한 도움을 받았겠지?

멀리서 남산을 만날 때면 그때 그 '삐오, 삐오, 삐오'가
여전히 또렷하다.

그렇게
부모가
된다

위이이이잉~ 에에에엥~

전기톱 켜는 소리가 요란하게 들렸다. 요즘 우리 아파트 나무
들 가지치기하느라 아파트가 들썩거린다.

갓밝이에 쓰레기를 버리러 나갔다가 시계를 보니 여덟 시, 풀
베기까지 할 모양인지 트럭에서 예초기 서너 대도 내려지고, 부릉
부릉 부릉 시동거는 모습을 지켜보는데

"아악! 이것 보세요, 아저씨! xx @#&^!JT&+_(*$!"

초강초강한 젊은 여성이 트럭 근처로 오더니 악을 썼다. 다가
가보니 우리 라인 3층 새댁이었다.

"여기서 담배 피우지 말라고요! 베란다로 다 들어온다고요!"

숫제 악을 쓰며 발을 굴렀다. 아저씨들이 일을 시작하기 전에 담배를 피웠던 모양이다. 연세 있는 한 분도 3층 새댁 서슬에 슬 그머니 담배를 비벼 껐다.

그런데도 새댁은

"정말, 미칠 것 같다고요. 여기 금연 아파트인 거 모르세요?"

상기된 얼굴로 울분을 터트리는 게 아닌가. 더 이상 시치름할* 수가 없어서 내가 다가가 슬그머니 새댁 옷소매를 잡고 툿나무 그 늘 아래로 이끌었다.

"에고, 알아요, 알아! 얼마나 힘들어요. 저도 폐가 안 좋아서 그 마음 잘 알아요."

등을 토닥거리자 풀죽은 새댁이 다른 이야기를 꺼내놓았다. 임 신 17주란다. 그런데 어제, '다운증후군 고위험군' 검사 결과를 받 았다며

"어떡해요. 저 정말 어렵게 임신했어요. 계류 유산 세 번 만에 임신했는데 이제 어떡해요?"

그렁그렁 맺혔던 눈물을 떨어트렸다. 남편은 해외 출장 중이라 모른다며 손등으로 연신 눈물을 닦았다.

그랬구나, 그랬어….

날카로울 수밖에 없었던 새댁과 나는 그 아침, 톳나무* 그늘과 함께 깊어졌다.

나도 우리 집 녀석, 배 속에 있을 때 걱정이 많았다. 그런데 건강하게 태어났다. 기억을 더듬어 보면 새댁이 한 그 검사는 확진 검사가 아닐 거다. 두고 봐라. 분명 괜찮을 거다.

태명이 꼬물이라고요?

"꼬물아, 건강하게 엄마 만나러 나와, 아줌마랑 약속해!"

배 속에다 부탁도 하며 말이다.

"저도 우리 꼬물이, 무슨 일이 있어도 포기하지 않을 거예요."

두 손으로 배를 감싸는 새댁에게 마침 전화가 왔다. 베트남으로 출장 간 남편인지 "자기야!" 부르고, 울먹이며 있었던 일을 이야기했다.

그런 새댁에게 걱정 말라고, 어떤 경우라도 꼬물이 우리가 지키자며 아내인 새댁에게 고맙단다. 전화 뽀뽀까지 나눈다.

어느새 밝아진 두 사람 목소리에 나도 환한 웃음을 더했다.

그렇게 부모가 되고 있는 두 사람에게….

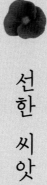

선한
씨앗

내가
사는
마을은요

작년 가을, 등산로 입구에 있는 텃밭에 갔더니 무씨가 나온 곳도 있고 안 나온 곳도 있었다. 고랑을 너무 깊게 팠나, 아님 흙을 너무 두껍게 덮었나? 안타깝게 밭을 내려다보는데 마침 지나던 도라지 밭주인, 나주 아주머니가 그래가꼬 쓰건냐(그래가지고 되겠냐)고 한 마디 툭 던졌다.

"머리털 없는 양반 머리털 심은 거 매끼로 오매 웃겨 부려야."

그러면서 봉다리(봉지)를 주섬주섬 열었다.

"갓씨 쪼매 나눠 주까?"

하며 벌써 내 손바닥에 부어 주곤 흙 두껍게 덮지 말라고 했다.

"오매! 저것은 또 뭣이여!"

쪽파 몇 뿌리 무더기로 있는 거 나눠 심으라고 갈키(가르쳐) 주는 김에

"하라는 대로 해야재! 오매, 폭폭한 거. 승질 더르븐 내가 쭈그리고 앉아 파 나눠 심고 갓씨 뿌리고 간다닝께!"

호미로 서걱서걱 땅을 긁더니 쓱쓱 뿌리고, 죄 심어버렸다. 그러는 동안 저만치 밭 관리 할머니가 보였다. 둔덕에 호박넝쿨 뒤적이며 호박을 찾는 것 같았다. 밭틀*로 다가가 "엄니!" 부르니

"아이고 매, 난 이사 가뿌린 줄 알았당께!"

너무나 반가워했다.

"올 여름 오사게(지독하게) 더웠자나유!"

나도 손을 덥석 잡았다.

"밭이 오디여?" 또 묻는다.

뭐 나도 이제 툭 하면 까묵어 버링께 할매가 열 번째 묻는 줄 알면서도 손 이끌어 분양받은 밭고랑으로 갔다.

"오메, 땜빵 해야긋다!"

내일 아칙(아침)에 무씨 땜빵(메워)해 주신단다. 천군만마를 얻은 것 같았다.

"엄니, 근디 지가 아칙(아침)엔 못 와 봐요."

그랬더니 "암 소리 마러." 하면서 내 등을 쓸어주었다. 당신이 심겠다는 뜻이다.

한 동네에서 십 년을 살다 보니 이우지(이웃)가 식구 같다. 가슴에 뜨뜻한 것이 차올랐다.

상수리 그늘 아래 평상으로 동네 아이들을 밭둑으로 불렀다. 아이들이 사랫길을 달려 노랗게 익은 여주 앞으로 모였다. 잘 익어 속에 빨갛게 익은 여주 씨를 손가락으로 훑어 입에 넣어주니 아기새들처럼 쏙 받아먹었다. 그 찐득한 손가락을 내가 쪽 빨아먹었다. 마치 내가 어미인 양 아이들이 또 달라고 입을 벌렸다. 그렇게 여주 세 개를 먹어치우곤

"아무래도 안 되겠다. 자 이제 물뿌리개 하나씩 들고 길 건너 초등학교 운동장 식수대로 물을 받으러 가자!"

눈짓을 하며 외쳤다. 텃밭에는 물 나오는 날이 정해져 있다. 그 날은 일요일인데 물을 못 줘서 밭이 바싹 말라 있었던 것이다. 우리는 물뿌리개 하나씩 들고 자드락길*을 내려가는데 오이밭 원두막에서

"이거 묵고 가!"

원두막 할매가 잡았다. 고부라진 오이가 한 소쿠리였다. 마침 통장 아저씨, 국수집 할배, 웃논 할배 집의 좀 모자란 동생 아저

씨, 트럭 사과장수 아저씨가 오이소주를 만들었다며 한 잔 하고
가란다.

"아이고, 전 술 못합니다."

웃었더니 우리들 손에 오이 한 개씩 죄 쥐어줘서 뚝뚝 끊어먹
으며 다시 물 받으러 갔다.

학교 운동장 수돗가로 온 아이들이 물뿌리개에 물을 받으며

"저는 오이 처음 먹어요. 그런데 맛있어요."

"오이가 달아요."

환하게 조잘거렸다.

물뿌리개 두 개를 내가 양 손에 들었는데, 각자 통 한 개씩을
든 녀석들이 무겁단다. 아예 들지를 못했다. 놔두라고 하고 열
발자국 정도 가서 내 통 두 개 놓고 다시 돌아가서 애들이 들던
물통 양 손으로 들고 원래 내 통 둔 곳까지 와서 놓고 그러기를
반복하는데 한 녀석이 제가 들겠단다.

그러라고 했는데 나중에 보니 물이 반밖에 없다. 무거워서 반
을 버린 것이다. 제 딴에는 남자라고 들고 싶었는데 무겁기는 하
고 나름 생각한 묘책이리라. 귀여워서 자꾸 머리를 쓰다듬어줬다.
그런데 문제는 밭에 와서다. 아 이 녀석들이 다시 물통을 들고 오
는 사이에 우리 밭이 아닌 옆 밭에다 물 한 통을 다 준 것이다.

똑같이 목마른 채소들인데 네 밭 내 밭이 어디 있겠냐만 그래도 안 좋은 어깨로 100미터 가까이 들고 온 물을 우리 밭이 아닌 다른 밭에 뿌려 버리니 허탈하기도 했다.

물을 다 뿌리고 상수리나무 아래에 조르르 앉아 오늘 물 뜨러 간 거며, 고부라진 오이 먹은 거며, 죽은 산개구리 묻어 준 거며, 여주 먹은 거며, 산모기가 자꾸 저만 무는 거며, 아줌마는 방아깨비 잡기 선수라고 한 것도 아이들 이야기 속에 담았다.

노을이 배웅하는 들길을 내려오다가 우리는 그만 다시 원두막 앞에서 딱 멈췄다. 고소한 부침개 냄새가 났기 때문이다. 군침이 절로 돌았다. 봤더니 애호박, 풋고추 채 썰어 넣은 부침개였다. 우리가 멈추자 오이밭 아줌마 경자 씨가 손짓했다. 얼른 와서 묵고(먹고) 가란다. 우린 흙 만진 손으로 "맛나다, 맛나다. 물! 물!" 외치며 맛나게 먹는데, 부침 반죽을 우리 아파트 307동 아줌마가 해 온 거란다.

등산 오가며 경자 씨가 오이를 참 착하게 팔아서 친구하고 싶어 해왔단다. 아하!

우리는 고맙습니다, 맛있어요, 외치며 허겁지겁 먹고는 배꼽인사를 남기고 다시 학교 운동장으로 뛰었다. 함께 간 남우는 어릴 때 구름다리에서 떨어져서 뇌진탕 걸렸던 이야기를 했다. 수정이는 땀이 너무 나서 바람이 부채질을 해주면 좋겠다고 했다. 내가 대신 손부채질을 해주다가 운동장으로 뛰어 들었다. 운동장으로 뛰어 든 사이 경자 씨라며 전화가 왔다.

"선생님아! 물뿌리개 가져 가셔!"

그 소리에 달음질쳐서 갔더니 파란 물뿌리개가 마치 두고 온 아이들처럼 오목하게 앉아들 있었다. 하하하하, 녀석들. 물뿌리개에 적힌 전화번호 보고 전화를 해줬던 것이다. 아무튼 돌아오는 길에 이사 안 가길 정말 잘했다고 생각했다.

타인의
자리

우리 아파트 지하 주차장은 좁다. 무척이나 좁다. 한 대 주차할 공간에 간신히 주차하고 나면 옆에 다른 차가 있을 경우엔 낑낑거리며 내려야 한다. 그래서 늘 불만스러웠다. 제법 통통한 체격인 나는 나 스스로 구박 대상이다. 살을 빼든지 해야지 원. 문도 간신히 열리도록 주차 선을 그어 놓은 아파트 측을 탓하면 뭐하나. 투덜거리거나 악악거리며 간신히 내린다.

그런 가운데 눈에 띄기 시작한 은색 중형 승용차 한 대가 있었다. 주차 공간이 세 대를 댈 수 있게 만들어 놓았는데, 늘 좌측 벽에 바짝 붙여 주차하는 것이다. 그렇게 되면 운전자가 문을 열

수도 내릴 수도 없어서 어쩔 수 없이 조수석으로 자리를 옮겨 내려야 하는 그림이었다. 더구나 옆 주차 공간은 텅 비어 있는 상태였다. 무슨 이유일까? 한두 번도 아니고, 점점 호기심이 일었다.

그러던 어느 날 우연히 그 승용차, 은색 중형차가 주차하는 장면과 마주쳤다. 마침 외출해서 돌아 온 뒤 그 은색 중형차 맞은 편에 주차를 하던 중이었다. 그런데 그 은색 중형차가 또 벽쪽으로 바짝 붙이며 주차를 하고 있는 게 아닌가? 옆자리도 그 옆자리도 텅 비어 있는데도 말이다.

나는 좀 더 지켜보기로 했다. 잠시 후 그 은색 승용차의 브레이크 등이 꺼지고 자동차 시동이 꺼졌다. 그러자 운전석에 앉은 사람이 움직이기 시작했다. 커트머리를 파마한 여성이었다. 여자는 다리 하나를 일단 조수석으로 보내고 양 손으로 조수석 등받이와 대시보드를 지지대로 잡은 다음 다른 다리를 조수석으로 마저 보낸 뒤 조수석으로 몸을 이동시켰다. 그런 다음 조수석 문이 딸깍 힘겹게 열렸다.

쉰을 갓 넘긴 듯 보이는 중년 여성이었다. 차에서 내린 여성은 자신의 차와 옆에 주차 선을 잠깐 살핀 뒤 뒷문을 열어 가방과 장보따리를 챙긴 뒤 천천히 승강기쪽으로 향했다.

정말이지 이해할 수가 없었다. 분명 주차할 곳도 많은 여유 있는 상황이었다. 그런데 왜 저렇게 수고로운 주차를 할까? 자신이 내리지도 못할 정도로 벽쪽에 바짝 붙여 주차를 한 다음 조수석으로 몸을 보내 내리다니. 납득이 되지 않았다.

그러던 어느 날. 퇴근 시간이라 차곡차곡 주차할 곳이 채워지던 시간이었다. 나 역시 주차를 하고 있는데 저만치 은색 중형차가 주차할 곳을 찾아 들어오고 있었다. 역시나 벽에 바짝 붙여 주차를 하더니 잠시 뒤 조수석으로 운전자가 내렸다. 그때였다. 바로 은색 승용차 옆자리에 주차된 봉고차로 갓난아이를 안은 젊은 여자와 다섯 살쯤 되어 보이는 여자 아이를 안은 남자가 다가오더니 차량 문을 열었다. 그러자 그 중년 여성이 그들에게 하는 말소리가 들려왔다.

"문 열기 불편하지 않으시지요? 아기들 안고 차타고 내리고 카시트 들고 내리고 하기 불편하지 말라고 제가 벽쪽으로 차를 붙여 주차하는데 지금 불편하지 않으시지요?"

이러는 게 아닌가. 젊은 남자와 여자는 그 중년 여성에게 환하게 웃으며 늘 문콕 할까봐 걱정되고, 문 열기 불편했는데 이 차량 옆에다 대면 그런 일 없어서 부러 찾아서 그 옆에 댄다고 감사합니다. 큰 소리로 인사하는 소리가 들려왔다.

그랬다. 아이들이 많이 사는 아파트다 보니 아이들이 차에 타고 오르기 조금이라도 쉽게 공간을 마련해 주느라 정작 본인의 불편을 감수하고 늘 저렇게 배려를 했다는 사실에 난 한동안 움직일 수가 없었다.

자신의 차에 흠집이라도 날까봐 신경을 곤두세우고, 대충 아무렇게나 세워 다른 사람이 주차도 할 수 없게 만드는 경우도 많다. 벽쪽에 내릴 공간이 충분한데도 반대편 주차선쪽에 바짝 대서 결국 그 옆에 주차를 포기하는 경우도 많다.

그런데 그 중년 여성은 자신의 불편을 기꺼이 감수하면서도 타인의 불편을 먼저 생각했다는 사실이 내겐 신선한 충격으로 다가왔다.

예전에 텔레비전 한 오락프로그램에서

"나만 아니면 돼!"

외치는 개그맨을 보며 적잖이 당황한 적도 있었다. 되짚어 보면 나 역시 나만 아니면 되는 이기심 속에 살아가고 있지는 않은지 되돌아보게 된 그날, 어느새 나도 시동을 다시 걸고 있었다.

타인의 자리를 좀 더 넓히기 위해.

산다는
건

일립티컬 운동기구 A/S 온 나이 지긋한 기사님 안색이 좋지
않았다. 찜통더위에 지치신 건가 눈치를 살피는데 거실로 들어와
서는 안절부절못하더니 안추르기까지* 했다.

그래서 안색이 안 좋다며 어디 아프신지 조심스럽게 물어도
대답 대신 궁싯거리기만 하기에

"혹시 속이 불편하세요?"

다시 물었고, 그제야 기사님 창백한 눈빛이 흔들렸다.

정차할 때마다 급하게 집어 먹은 김밥이 문제가 된 것 같다고
했다. 살살 배가 뒤틀리더니 아뿔싸, 당장이라도 화장실로 향하

고 싶었단다. 그래도 고객과 시간 약속이 돼 있어서 조금씩 달래 가며 일을 했다는 거다.

그런데 지금은 움직일 수가 없겠다며 잠시만 진정될 때까지 기다려 달라지 않겠는가. 그래서 내가

"아, 무슨 말씀이세요? 얼른 화장실 들어가세요!"

부리나케 화장실 문을 열어 드리자 안 된다고 정색을 하는 거다. 절대 안 된다고. 조금만 진정되면 수리 마친 뒤 관리 사무소 화장실로 가겠다면서 말이다.

고객 화장실을 쓰지 말라는 내규도 있지만 불쾌하게 생각하는 분들도 많다고 했다.

그래서 내가 기사님 팔을 잡아끌었다.

"저는 괜찮아요. 얼른 들어가세요. 어제 변기 청소 다 해놔서 깨끗해요. 속 편해질 때까지 나오지 마세요."

통통히 외치며 기사님을 화장실로 떠민 뒤 화장실 문을 쾅 닫아드렸다. 그런 다음 얼른 라디오 소리 크게 틀었다.

마침 '산다는 건 다 그런 게 아니겠니?' 내가 좋아하는 여행 스케치 노래가 흘러나왔다.

'산다는 건 그런 게 아니겠니. 원하는 대로만 살 수는 없지만

알 수 없는 내일이 있다는 건 설레는 일이야. 두렵기는 해도. 산다는 건 다 그런 거야. 누구도 알 수 없는 것!'

나도 크게 노래를 따라 불렀다.

고양이
밥

밖에서 옥신각신 시끄러운 소리가 들렸다. 베란다로 나가 얼른 아래를 내려다 보니 주차된 우리 차 근처에서 시비가 붙은 듯했다. 한 무리의 사람들이 우리 차 주위를 에워싸고 있었다. 난 얼른 카디건을 걸치고 아래로 내려갔다.

"이 여자가 진짜, 내 말 못 알아들어?"

반말에 숫제 삿대질까지 하고 있는 우락부락한 남자는 자그마한 체구의 젊은 그니를 금방 한 대 때릴 기세였다.

"아저씨, 그래도 산 생명인데 밥 좀 줬다고 그게 그렇게 큰일이에요?"

그니가 벌겋게 상기된 얼굴을 한 채 기어들어가는 목소리로 간신히 대꾸하고 있었다.

"아, 도둑 고양이들이 시끄럽게 울어대고 병 옮기는 거 몰라서 이래?"

우리 아파트 주변에 길고양이 밥과 물을 주는 분이었다. 매일같이 아파트 화단 구석에 밥그릇, 물그릇을 놓고 살뜰하게 챙겼다. 그러던 엊그제 손돌이추위*로 바짝 몸을 오그린 날이었다.

주차를 한 뒤 아차! 트렁크에 놓고 온 서류를 가지러 다시 갔더니 글쎄 고양이들이 보닛 위에 앉아 있는 게 아닌가. 마침 지나던 그니도 그 모습을 본 것이다.

"걱정이에요. 고양이들이 자동차 주위에 어슬렁거려서요."

가끔 엔진룸에 들어갔다가 변을 당하는 경우도 있다고 했다. 걱정스럽게 바라보기에 오늘은 내 차 아래에 밥그릇, 물그릇 넣어 놓아도 된다고 했더니 아이처럼 좋아했다.

그런데 어쩌다 시비가 붙은 모양이다.

"고양이 새끼들 울어대고 어슬렁대고 다니는 꼴 보기 싫다고. 다 없애야 하는데 관리 사무소는 뭐하는 거야!"

내가 옳다는 남자의 고성은 그칠 기미가 보이지 않았다. 그러자 그니가 아이처럼 빌며 애원하는 게 아닌가. 자신도 어릴 때 돌

봄을 받지 못했다고 했다. 조그만 여자 아이가 실골목* 계단에 앉아 밤늦도록 일 나간 엄마를 기다렸다며, 그때 길고양이가 물고 가던 빵을 나눠 먹었다고 했다. 너무 배가 고프고 추웠다며 흐느꼈다. 내가 등을 감싸자 고개를 숙인 채 그니가 말을 이었다.

"20년 가까이 우울증에 시달렸어요. 그런데 지금은 길고양이들 돌보느라 열심히 살게 되었어요. 그러니 배고픈 생명을 돌볼 수 있게 해주세요. 네?"

그니는 젖은 얼굴을 들어 남자를 쳐다보았다. 그러자 남자는 헛기침을 두어 번 하더니 어둠 속으로 사라져버렸다. 그 발걸음이 부디 사랑으로 향하는 발걸음이길 바라며, 그니와 한참을 겨울 속에 서 있었다.

감자전과
세
여자

요란하게 인터폰이 울렸다. 파자마 차림으로 컴퓨터 앞에 앉았다가 뛰쳐나가 인터폰을 받았다. 아래층이라고 했다. 공직에서 정년퇴직을 했다는데 꽤 바자위다*. 아무튼 서둘러 문을 열었더니 아주머니가

"지금 못박아요?"

찬바람이 쌩 일도록 쌩클해져* 물었다. 어리둥절해 하며 아니라고 대답했더니 한숨을 한 번 푹 쉬며 다시 물었다.

"그럼 여태 못을 박았는데 이제 끝나신 건가요?"

못 믿겠다는 듯 미간을 찌푸리며 다시 물었다.

"쿵, 쿵" 그때였다. 어디선가 쿵 쿵 소리가 들려왔다.

"이 소리, 이 소리요!"

아래층 아주머니 눈이 화들짝 커지더니 그 소리를 향해 손가락을 뻗었다. 나도 이 소리를 듣긴 했다. 하지만 우리집은 아니었다. 그순간 아주머니가 계단쪽 방화문을 왈칵 열었다.

청소 아주머니였다. 청소 아주머니가 계단 미끄럼 방지 알루미늄 턱을 철선솔로 왔다갔다 닦고 있었다.

딱, 딱!

그 철선솔 나무 손잡이가 벽에 부딪힐 때마다 딱딱 소리가 났던 모양이다.

"안녕하세요. 힘드시지요?"

내 인사에 젊은 아주머니가 고개를 들지 못한 채

"물청소하고 나면 녹이 날까봐 이렇게 윤을 내요."

거친 숨을 내쉬는 얼굴이 땀범벅이었다. 쉬엄쉬엄 하라는 말을 건네자 비로소 벌겋게 달아오른 얼굴을 들더니

"산재를 입은 남편이 집에서 세 살 아들을 돌보고요. 제가 일을 다니는데 쉽지 않네요! 남편이 그동안 얼마나 힘들게 우리 가족을 위해 일했나 매 순간 느끼고 있어요."

말을 마치자마자 환한 웃음을 숨긴 뒤 다시 딱 딱 소리를 내며

계단을 닦았다.

방화문을 닫는데 아래층 아주머니가 주춤거렸다. 승강기 버튼을 누르고 잠시 머뭇거리다가 서둘러 내려갔다. 그걸로 끝난 줄 알았다. 삼십 여분이 지났을까? 다시 초인종이 울렸다. 아래층 아주머니였다.

"감자전을 부치던 중이었어요. 이거 잡숴요. 내 미안해서 어쩔 줄을 모르겠어."

부드러워진 아주머니 눈빛이 웃음을 건네고 우리는 약속이나 한 듯 방화문을 열었다.

내가 감자전 접시를 들고, 아래층 아주머니는 벌써 서너 층을 내려 간 청소 아주머니를

"새댁! 새댁!"

불러 함께 모여 섰다. 공동 계단 7층에 선 60대 여자와 50대, 30대 여자 셋이 감자전을 함께 먹으며 마음을 나눴다.

따뜻한 세상을 나눴다.

불안한
수첩

중학교 교문 앞에 젊어 보이는 남자 하나가 서서 하교하는 여학생을 붙들고 뭔가 열심히 속삭였다. 그러더니 가지고 있던 메모장에 물어가며 뭔가를 적고 있었다. 아무래도 인적 사항을 적는 것 같은데 아이들은 별 거리낌 없이 묻는 대로 대답하곤 떠나갔다.

궁금했다. 뭐지? 뭔데 학교 앞에서 아이들 인적 사항을 물어 적고 있지? 주차장 자동차에 앉아 있던 나는 결국 차에서 내렸다. 방금 막 그 남자와 이야기를 나누던 여학생을 진동걸음*으로 쫓아가 불러 세웠다.

"학생! 학생!"

아이가 돌아보기에 방금 뭘 적었냐고 물었더니 모른단다. 그냥 물어봐서 우물쭈물 대답했단다. 그래서 개인 정보는 함부로 말하지 말라 일러주곤 되돌아 와 그 남자에게 다가갔다.

왜 학교 앞에서 아이들 인적 사항을 적느냐고 물었더니 연예 기획사란다. 그러면서 나더러 선생님이냐, 학부모냐 물었다. 학부모며 선생이기도 하다 했더니 장황하게 연예 기획사에 대해 설명했다.

설명하는 그 남자 손에 들린 메모지에 적힌 걸 슬쩍 보니 전화번호, 나이, 신장, 이름뿐만 아니었다. 휘갈겨 쓴 내용에 머리 모양, 얼굴 생김새까지 자세히 적혀 있었다.

놀란 내가

"그렇다면 먼저 본인 명함을 아이에게 주면서 부모님과 통화 의사를 밝히든지 하는 게 순서 아닌가요? 미성년자 인적 사항만 죄 적었잖아요."

목소리를 키웠다. 그러자 남자는 문제될 것이 없다고 했다. 학생들에게 미리 동의를 구했단다. 아직 미성년자에게 무슨 동의냐고 발끈하자 부모님께 전화를 드릴 거라는 둥, 문제될 것이 없다는 말만 이어갔다.

그렇게 잠시 신경전을 벌이다 보니 그 남자 일행이 있었다. 또 다른 남자가 흰색 외제차에 타고 있으면서 가끔씩 차 밖으로 나와 지나는 아이들 사진을 찍었다.

법적으로 문제될 것이 없는지는 모르겠으나 상당히 당당했다. 안 되겠다 싶어 전화기를 꺼내 들었다.

"아무래도 확인이 필요하네요. 경찰관을 부를게요. 그때 다시 얘기를 해보는 게 좋겠어요."

말을 이으며 112를 누르려고 하자 남자가 당황한 기색이 역력했다. 뒤를 돌아보며 일행에게 눈짓을 하더니 황급히 차를 몰고 사라졌다. 사라지는 차량 번호판을 사진으로 남겨두긴 했지만 내가 할 수 있는 일은 거기까지였다.

오토바이
출입금지

우리 아파트 중앙로는 차 없는 길이다. 1단지와 4단지까지 아파트 가운데를 가르마처럼 가른 길이다. 그 길 양쪽으로 봄이 되면 배롱나무꽃, 벚꽃으로 꽃길이 된다. 아칫거리며* 이제 막 걸음마를 배우는 아기부터 중앙로 옆쪽에 붙어 있는 놀이터에서 노는 아이들이 튀어 나와 가댁질*을 하고, 아이들끼리 어깨동무하며 재잘재잘 이야기를 하며 걸을 수 있는 길이다. 어디 그뿐인가! 몸이 불편하신 할머니가 유모차에 기대어 천천히 걸음 연습을 하고, 이쁘동이들이 찍걱찍걱 세발자전거를 타고 꽃구경을 다니는 길이다.

그런데 툭하면 배달 오토바이가 질주하는 거다. 피자집, 중국 음식점, 치킨, 분식집 할 것 없이 말이다. 분명 중앙로는 '오토바이 통행 금지'라는 팻말을 입구에 세워 뒀는데. 뭐야, 잘 안 보이나? 푯말을 비웃기라도 하듯 배달원들은 곡예 운전을 하듯 신나게 달렸다. 보기만 해도 아찔했다. 그럴 때마다 중앙로를 걷던 사람들은 놀라 길섶으로 비켜서고 놀란 가슴을 쓸어 내렸다. 그래도 누구 하나 나서는 주민이 없는 거다.

중앙로 옆 경비실 아저씨도 멀뚱멀뚱 쳐다보거나 관심이 없고, 관리 사무소에 건의를 해도 주변 가게에 협조 공문을 돌렸다는 말이 전부였다.

주민들도 불만이 가득했지만 나서는 이 하나 없는 거다. 안 되겠다. 오늘도 다시 전화기를 들었다.

"관리 사무소죠? 중앙로로 오토바이들이 질주하는 거 아시죠? 단속 안 하세요? 중앙로 옆이 놀이터라 뛰어놀다가 중앙로로 나오는 아이들도 많고 걸어 다니는 아이들도 많은데 왜 오토바이 단속을 안 하세요?"

내 격앙된 목소리를 듣고도 차분하게 단속권이 없단다.

"그럼 우리가 왜 관리비를 내죠? 적어도 아파트 내에서 주민들을 위험에 빠트리는 일이 없도록 해주시는 게 관리소의 할일이 아닌가요? 엊그제 3단지쪽 중앙로에서 질주하는 중국집 배달 오토바이에 여자아이가 부딪혀 다쳤다고요, 모르셨어요?"

찌를 듯 항의를 해도 심드렁하게 다시 주변 가게에 공문을 보내보겠다는 게 전부였다.

안 되겠다. 내친김에 직접 관리사무소 가서 소장님을 만나야겠다. 우리 권리는 우리가 찾는다. 내 권리를 찾지 않고 참는 것은 착한 것이 아니라 어리석은 일이다. 그렇게 길을 나섰다. 학교에서 막 하교한 아이 손을 잡고 중앙로를 걷는데 거친 오토바이 소리가 들렸다. 고갤 들어 보니 저만치 앞에서 맹렬하게 달려오는 오토바이가 보였다. 그래, 잘 만났다.

나도 모르게 중앙로 가운데 서서 두 팔을 좌악 벌리며 외쳤다.

"서세요! 멈추세요!"

오토바이 뒤 큰 드럼통에 빈 그릇들이 담긴 걸 보니 중국 음식점 오토바이였다. 아저씨가 인상을 찌푸리며 끼이익 멈춰 섰다.

"아저씨, 여기는 보행로예요. 자동차는 다니면 안 돼요. 저기 저 팻말 안 보이세요?"

미간을 찌푸리며 길섶에 말뚝 박힌 '오토바이 출입 금지'라고 쓰인 팻말을 가리켰다. 탈 탈 탈 탈 시동을 끄지 않아 엔진 냄새가 심하게 나는데

"아줌마, 아줌마는 찻길로 안 건너 다녀?"

오히려 아저씨가 목청을 돋우며 눈을 부릅떴다. 아이가 내 뒤로 숨더니 꾹꾹 찔렀다.

"무서워, 엄마."

작은 목소리가 떨다.

그런 아이에게 저만치 가 있으라고 이른 뒤

"아저씨, 자동차는 찻길, 사람은 인도로 다니기로 서로 약속했어요. 왜 약속을 하겠어요. 안전을 위해서잖아요!"

나도 질세라 우렁우렁 외쳤다. 내 기세에 아저씬 할말이 없는지 '에이, 씨!' 욕지기를 내뱉더니 대꾸도 없이 부아앙 굉음을 울리며 떠났다.

그 뒤부터는 중앙로를 걷다가 곡예 운전을 하며 오토바이가 달려오면 두 팔을 좌악 벌리고 멈추라며 아파트가 울리도록 외쳤다.

오늘은 피자 오토바이 총각이었다.

"아들! 여긴 이륜 자동차 통행 금지야. 저 옆 도로로 다녀야지. 보이지. 푯말?"

푯말을 가리키면 어떤 총각은 못마땅해 하는 눈초리로, 어떤 총각은 목례를 하고 옆으로 빠져 나갔다. 헬멧을 안 쓴 청년에

게도

"아들, 헬멧! 헬멧은 쓰고 다녀. 사고는 순간이야, 정말 순간이야. 자신보다 더 소중한 건 없어."

애틋한 마음을 드러내고 청년은 제 머리를 만지며 멋쩍게 웃었다. 자전거나 인라인을 쌩쌩 타고 학원에 가는 아이도 예외 없이 불러 세웠다.

"안 돼! 천천히 다녀. 이렇게 속도가 붙어서 걸어 다니는 사람과 부딪히면 서로 크게 다쳐. 달리고 싶으면 헬멧을 쓰고 달려."

완전 오지랖 아줌마가 된 것이다.

부아앙 어, 또 오토바이가 달려왔다. 어둠 속이라 전조등이 나를 화안하게 밝히며 왔다. 눈이 부셔 실눈을 뜨고 두 팔을 벌렸다.

"서세요! 여긴 보행로예요."

다가 온 오토바이를 보니 이번엔 상가 세탁소 아저씨였다. 뒷머리 긁적이며 죄송하다며 웃었다.

밤이 깊으면 새벽이 가깝다. '나 하나쯤이야'가 아니라 '나 하나라도'가 되어야 하는 이유다.

어제는 중앙로로 들어서던 배달 오토바이가 나를 보더니 다시 차도로 내려섰다. 그 모습을 지켜보며 '들어오기만 해 봐.' 멈춰

서서 두 팔을 벌리려다 성긋이* 웃었다. 나는 앞으로도 내 길을
올바르게 갈 것이다. 그것이 나에게 이롭기 때문이다.

박새 한 마리 노을에 물드는 저녁이다.

선한
씨앗

밤 열 시가 조금 넘어 마트에 갔다.

1층 시식 코너를 지나는데 어른 검지만한 커다란 햄을 이쑤시개에 끼운 채 돌아서는 아이가 있었다. 이제 막 학원에서 나왔는지 묵직한 가방을 메고 있었다. 한참 배고플 시간, 햄을 든 아이의 표정이 행복해 보였다. 그런데 저렇게 큰 햄을 시식으로 내놓았을 리는 없었다. 시식은 말 그대로 맛보기다. 그러니 맛만 보게 되는 적은 양인데 저렇게 어른 검지만하게 햄을 잘라 이쑤시개에 끼워 줄 리가 없었다. 분명 시식 코너 점원은 자식이 있는 분이리라. 나는 마음이 따뜻해져 왔다. 우유를 고르고 다시 시식 코너 앞으로 왔는데 남자 고등학생으로 보이는 아이들 대여섯 명이 시식 코너를 빙 둘러싸고 있었다.

"아, 아주머니 진짜 짱이에요."

"이 감사함 잊지 않을게요."

아이들이 시식 코너 아주머니에게 드리는 인사가 너무나 따뜻하다. 아니나 다를까 아까 앞서 간 아이처럼 이 아이들 손에도 어른 손가락만한 햄이 이쑤시개에 끼워져 있었다. 더구나 아주머니는 말없이 서 있는 다른 아이에게도 말을 걸었다.

"더 줄까? 급하게 먹지 마."

서둘러 햄을 크게 잘라 이쑤시개에 꽂아 건네는 것이다. 건네면서 공부 열심히 하라는 따뜻한 당부도 잊지 않았다. 아이들은 몇 개를 허겁지겁 입에 넣고 손에 하나씩 들고 돌아서면서

"내일 또 올게요. 아주머니, 고맙습니다!"

예의 바른 인사를 남겼다.

나는 그 앞을 서성이는데 햄 하나 사라며 아주머니가 또 이쑤시개에 햄을 잘라 꽂아 주었다.

"아이들이 한참 배고플 시간이잖아요."

내가 아까부터 서 있던 걸 느꼈는지 먼저 말을 걸었다. 그랬다. 아주머니는 아이들이 한참 배고플 시간이라는 걸 알고 아이

들에게 굵직굵직하게 햄을 잘라 먹인 것이다. 시식 시간도 끝나지 않았으니 규정에 어긋나는 일도 아니라고 했다. 내 자식이려니 하는 맘으로 준다고 했다.

그런데 낯이 익었다. 그러고 보니 아! 그분이었다. 며칠 전 갈비뼈가 부러졌는데도 우유 판촉을 나온 아주머니를 돕던 분이었다. 우유 코너에서 우유를 고르다가 우연히 듣게 되었다.

우유 판촉을 나온 아주머니를 곁부축하던 햄 아주머니 모습도 기억이 났다.

"몸이 우선이지. 갈비뼈가 부러지고 나오면 어떡해! 얼른 들어가!"

햄 아주머니는 그러면서도 계속 우유 아주머니를 도왔다. 맞다. 그분이다. 그렇지만 알은 체 하지 않았다. 그저 무심히 아주머니가 판매하는 햄 두 봉지를 카트에 담았다. 아주머니는 무척 고마워했지만 내 마음과 감정이 더 따뜻했다는 것을 아실까?

햄 아주머니의 선한 씨앗이 내 영혼에 날아든 날이었다.

위험한
화물

운전 중이었지만 전화를 들어 112번을 누를 수밖에 없었다. 막 동수원 나들목을 통해 영동고속도로로 진입한 후였다. 내 앞에서 달리던 대형트럭 짐칸에서 가로·세로 2미터 남짓 되는 두툼한 청색 플라스틱판 두 개가 제멋대로 털럭거렸기 때문이다.

한 차 실었던 짐을 부리고 돌아가는 길인 듯했다. 트럭이 곡선 코스를 운행할 때도 그랬고, 가속할 때마다 당장이라도 트럭 밖으로 튕겨져 나올 듯 몇 차례 아슬아슬했다.

처음엔 3차선을 달리는 트럭 옆 2차선을 나란히 달리며 경적을 두어 번 울려도 보았지만 소용없었다. 우선 눈높이가 맞지 않앉고, 소음도 심한 상황이라 경적 소리가 들리지 않는 듯했다.

금방 112 상황실과 연결되었다.

"아! 안녕하세요! ○○라 ○○○○! 차 번호부터 일단 적으세요! 제가 운전 중에 외운 거라 금방 잊어요. 예. 대형 트럭인데 짐칸에 어마어마하게 큰 식탁 상판 같은 플라스틱판이 굴러다녀요! 단단히 동여맨 뒤 달려야 하는데, 저 판이 뒤에서 달리는 차로 떨어질 것 같아요. 예. 예. 고속도로 순찰대에 좀 알려주세요! 예! 고맙습니다. 애쓰세요!"

그 트럭 바로 뒤에서 달리며 두어 번 순찰대 전화를 받아 위치를 알려주었다. 만약 트럭에서 그 짐이 떨어지더라도 나는 인지하고 있으니 피할 수 있다는 계산에서였다.

얼마를 달렸을까? 저 멀리서 순찰차가 경광등을 켜고 사이렌을 울리며 다가오는 것이 보였다. 마음이 놓인 나는 그제야 트럭 뒤를 벗어나 내 목적지를 향해 달렸다.

타인의 불행 위에 나의 행복을 짓지 말라고 했던가. 그 짐이 떨어져 타인을 다치게 하고, 타인의 삶을 뺏는 것도 그렇다. 설령 가벼운 처벌만 받거나 죄를 물을 수 없다고 하더라도 그 업보에서 자유로울 수 있을까? 언젠가는 반드시 갚아야 할 빚이라는 것을 기억해줬으면 한다.

너그러움의
시간

피자를 주문해 놓고, 받으러 갔다.

1+1행사여서 사람이 많았다. 전화벨도 연신 울렸다.

"네, 네! 지금 밀려서 30분 후에 오시면 됩니다. 네, 네!"

전화받는 삼십 대 초반의 청년은 눈코 뜰 새 없이 바빠 보였다.

그런데 전화 한 통을 받더니 대뜸 죄송하다는 사과부터 한다.

듣자 하니 피자가 잘못 나간 모양이다.

전화를 붙들고 굽실거리며 죄송하다는 말만 연거푸 해댔다.

전화 건 손님은 누굴까?

5분, 10분,

청년을 놔주지 않았다. 그러는 와중에도 옆 전화는 계속 울렸
다. 다른 주문도 못 받고 사과 전화에 매달려 쩔쩔맸다.

그러기를 20여 분.

"전화번호 뒷자리 ××76, 피자 나왔습니다."

피자를 굽던 다른 청년이 밖으로 나와 외쳤다.

내가 주문한 피자였다.

'치즈 피자와 포테이토 피자.'

막 계산을 하려는데, 문이 벌컥 열리며 여자 두 분이 들어왔
다. 찬바람이 쌩 일었다.

60대 젊은 할머니와 40대 후반의 딸인 듯한데, 피자를 계산대
에 올려놓은 뒤 딸이 먼저 목소리를 높였다.

"우리가 이 피자를 들고 왔다 갔다 해야겠어요? 치즈 피자 시
켰는데 집에 가니까, 불고기 피자잖아요. 확인도 않고 내줘요?"

곱게 다듬은 손이 피자를 가리켰다.

"우리가 오간 시간이며 감정 소모는 어떻게 보상할 거유?"

명품으로 번쩍이던 할머니도 노기를 뿜었다.

아마 피자가 잘못 나갔고, 교환하러 오면서 전화를 계속 붙잡
았던 모양이다. 청년은 죄수처럼 몸을 웅크렸다.

그때 내가 치즈 피자를 내밀었다.

"이거 치즈예요. 제가 불고기 가져 갈 테니 바꾸는 건 어떨까요?"

그런데 젊은 여자가 눈빛을 세웠다.

"내가 왜 댁 피자와 바꿔요? 난 다시 만든 거 받아 갈 거예요. 상관 마세요!"

사납게 쏘아붙였다.

뭐, 어쩌겠는가. 내밀었던 내 피자가 슬그머니 힘을 푸는데…

"나이가 들면 좀 너그러워야지! 나이를 어디로 먹었어. 전화로 그만큼 해댔으면 됐지. 그깟 피자 쪼가리 들고 와서 이게 그리 난리칠 일이야."

내 뒤에서 피자를 기다리던 하얀 할머니였다. 꾸지람이 추상 같았다. 불시에 일격을 당한 것처럼 조용해졌던 가게 안….

환불과 함께 상황은 일단락되는 듯했고…,

나는 돌아왔지만

할머니가 말씀하신 '너그러움' 앞을 내내 서성였다.

내 곁을 스치는 이들의 아픔과 수고, 소망이 보이는 것.

그래서 그들을 사랑으로 돕는 그것이 너그러움이 아닐까?

오늘도 가을이 아프게 익어간다.

돌아온
친절

감기 기운이 있어 약을 먹고 눕다가 허기를 느껴 일어났다. 뭔가 먹어야겠다는 생각에 냉장고를 열다가 문득 자장면이 떠올랐다. 길 건너 다섯 평 남짓 작은 자장면 집이 있는데 내 입에 맞는 곳이었다. 그곳에서 자장면 한 그릇 먹으면 기운이 날 것 같아 비척비척 집을 나섰다.

어둑어둑 저녁거미가 내리는 거리에 중·고등학생들이 진동걸음*으로 오갔다.

횡단보도를 한 번 건넌 뒤 과일가게, 한의원, 분식집을 지나 저만치 자장면 집이 보였다. 걸음이 빨라졌다.

그때 고등학생으로 보이는 남학생 셋이 먼저 자장면 집으로 들어서는 거다. 서둘러 뒤따라 들어섰더니 앉을 자리가 없었다. 그래서 자리에 앉은 그들에게

"함께 좀 앉으면 안 될까요?"

작은 소리로 말했더니 흔쾌히 자리를 좁히는 게 아닌가. 나도 최대한 몸을 웅크려 조심스럽게 앉았다.

말하자면 4인 테이블에 합석을 한 것이다.

그런데 얼마 지나지 않아 대각선에 앉은 학생이 내 앞으로 쇠 젓가락을 가지런히 놔 주는 거다.

"어머나! 어머, 고맙습니다."

생각지도 못한 친절에 황급하게 고개를 숙였다. 그런데 그것이 끝이 아니었다. 내 옆자리에 앉아 있던 학생이 내 앞으로 물컵까지 놔 주는 게 아닌가. 그들이 앉은 벽 쪽으로 물컵이 쌓여 있긴 했지만 그 젊은이들에게 나는 타인이다. 일행도 아닌데 '함께'를 대접받은 것이다.

"어휴, 고맙습니다, 고맙습니다."

조아리는 동안 주문한 내 자장면이 나왔다. 곧이어 그들도 자장면과 짬뽕을 받아 들었다. 후루룩 후루룩. 허기를 채우는데 맞은 편 학생이 가위를 찾는 듯 두리번거렸다.

이때다 싶어 눈빨리 주방 쪽에서 가위를 가져와 건넸다. 양파를 거의 다 먹어 가기에 양파도 가져다주고 내 단무지 가지러 가면서 단무지도 가져다주며 나 역시 '함께'를 나눴다.

그런 내게 자신들이 베푼 친절은 까맣게 잊었나 보다.

"고맙습니다."

"고맙습니다."

공손한 인사를 아끼지 않았다.

인사가 그들의 한 부분인 듯 어찌나 자연스럽던지 환하게 빛났다. 바깥 날씨가 흐리든 비가 오든 눈이 오든 그들이 환하게 빛나는 모습을 가릴 수 없었을 것이다.

보풀이 죄 일어난 가방에서 문제집을 꺼내 머리를 맞대고 문제를 풀며 저희끼리 나누는 반듯한 말투며 정중한 대화도 마찬가지였다.

한없이 넓어지고, 부드러워지던 그곳에서 합석을 마친 내게 모두 엉거주춤 일어나 허리를 굽혀 배웅까지 했다.

얼굴은 기억할 수 없지만 나는 그날 저녁 그 눈부신 젊은이들과 한 식구가 되었다. 머리 맞대고 함께 밥을 먹는 한 식구 말이다. 가슴까지 든든하게 채운 그 아름다운 날을 오늘도 나는 귀하게 품는다.

살맛
나는
세상

우리집 아래 주말농장 몇 평을 빌려 열무를 비롯해 여러 가지 씨앗을 뿌린지 오랜데도, 가물든 탓인지 간신히 싹을 틔웠다.

더구나 농장주가 지하수를 모터로 끌어 올려 급수를 해준다는데, 급수 시간이 들쭉날쭉하고 물의 양이 많지 않다 보니 늘 물이 부족했다.

그래서 어제는, 기필코 밭에 물을 주리라 작정하고 아이 손잡고 밭으로 나갔는데, 때마침 급수가 되어 운 좋게 물을 쓸 수 있게 되었다.

"물이 많아요, 엄마!"

물 귀한 줄 알던 아이는, 물뿌리개에 물을 담아 마른 밭에 신나게 물을 뿌려주었다. 제 옷이나 신발이 다 젖는 줄도 모르고 "시원하지? 목말랐지?" 하고 다정히 말을 걸며 고개 내민 싹들에게 물을 주느라 바빴다.

나도 흙먼지 이는 이 밭 저 밭 가리지 않고 물을 주고 있는데, 지나던 할아버지가 걸음을 멈추며

"그 밭에 뭘 심었어요?"

물으며 살피기에

"우리 밭이 아니라서 모르겠어요."

우렁우렁 대답했다.

그랬더니 의아해 하며 물었다.

"그런데 왜 남의 밭에 물을 줘요?"

"목마를 것 같아서요."

하고 외쳤더니 어르신도 그때서야 크게 고개를 끄덕였다.

그런데 오늘 한 청년이 호스를 이용해 주말농장 여기저기 물을 뿌리고 있었다. 다가가서 농장주냐고 물었더니 손사래를 치며

"우리 밭에 물 주다가 다른 밭도 목마를 것 같아서요."

라며 멋쩍게 웃었다. 어제 저녁에 나와 보니 누군가 자기 밭까지

물을 줬다며 말이다.

　물주는 시간을 놓친 밭 임자는 누군가 내 밭에 물을 나눠줬다는 것을 알게 되겠지. 그 밭 임자도 언젠가는 타인의 밭에도 기꺼이 물을 나눠줄테지. 남에게 베푸는 일은 언젠가 내게로 돌아 올 선물 같은 것이 아닐까? 오늘따라 풀빛이 더욱 더 싱그러웠다.

본문에 쓰인 우리말 모음

가댁질 아이들이 서로 잡으려고 쫓고, 이리저리 피해 달아나며 뛰노
　　　는 장난.

각다귀판 서로 남의 것을 뜯어먹으려고 덤비는 판을 비유적으로 이
　　　르는 말.

갈바래질 논밭을 갈아엎어 볕을 쬐고 바람을 쐬게 하는 일.

감물다 1. 입술을 감아 들이어 꼭 물다. 2. 고통, 아픔 따위를 참으려
　　　고 입술을 감아 들이어 깨물다.

갓밝이 날이 막 밝을 무렵.

거위영장 여위고 키가 크며 목이 긴 사람을 놀림조로 이르는 말.

거쿨지다 몸집이 크고 말이나 하는 짓이 씩씩하다.

곁집 이웃하여 붙어 있는 집.

고비늙다 지나치게 늙은 데가 있다.

골개물 산골짜기로 흐르는 물.

곱송하다 몸이 잔뜩 옴츠려져 있다.

※ 설명은 네이버 국어사전과 오픈사전을 참고하였습니다.

과녁빼기집 외곬으로 똑바로 건너다보이는 곳에 있는 집.

구두덜거리다 못마땅하여 혼자서 자꾸 군소리를 하다.

구뜰하다 변변하지 않은 음식의 맛이 제법 구수하여 먹을 만하다.

구순하다 서로 사귀거나 지내는 데 사이가 좋아 화목하다.

굼슬겁다 성질이 보기보다 너그럽고 부드럽다.

굽적거리다 잇따라 머리를 숙이거나 몸을 굽히다.

꽃구리 몸에 마름모나 가위표 모양의 얼룩무늬가 있는 구렁이. (=비
    단뱀, 비단구렁이)

꽃샘 이른 봄, 꽃이 필 무렵에 갑자기 날씨가 추워짐. 또는 그런 추위.

꽃자리 좁다 마음이 옹졸하다(이때 꽃자리는 '꽃이 달려 있다가 떨어
    진 자리'라는 뜻이다).

나라지다 심신이 피곤하여 나른해지다.

낡삭다 오래되어 낡고 삭다.

남새밭 채소를 심어 가꾸는 밭.

너덜길 돌이 많이 흩어져 깔려 있는 비탈길.

너럭바위 넓고 평평한 큰 돌.

너슬너슬하다 굵고 긴 털이나 풀 따위가 부드럽고 성기다.

노랑북새 부산스럽고 시끌시끌하게 떠들어 대는 일.

논틀밭틀 논두렁이나 밭두렁을 따라 난 좁은 길.

누굿하다 1. 메마르지 않고 좀 눅눅하다. 2. 성질이나 태도가 좀 부
    드럽고 순하다.

눈빨리 재빠르게 얼른.

눈포단 눈 이불의 뜻으로, 눈이 내려 덮인 것.

늙바탕 늙어 버린 판. 노년, 늘그막

늡늡하다 성격이 너그럽고 활달하다.

능준하다 역량이나 수량 따위가 표준에 미치고도 남아서 넉넉하다.

다리아랫소리 머리를 다리 아래까지 숙여 내는 소리라는 뜻으로, 남
　　에게 굽실거리거나 애걸하며 하는 말을 이르는 말.

달곰하다 감칠맛이 있게 달다. '달콤하다'보다 여린 느낌을 준다.

당밭 높은 곳의 밭을 이르는 북한말

덤부렁듬쑥 수풀이 우거져 그윽한 모양.

동살 새벽에 동이 틀 때 비치는 햇살.

두둑 1. 논이나 밭 가장자리에 경계를 이룰 수 있도록 두두룩하게 만
　　든 것. 2. 논이나 밭을 갈아 골을 타서 두두룩하게 흙을 쌓아 만
　　든 곳.

된비알 몹시 험한 비탈.

뒤안길 1. 늘어선 집들의 뒤쪽으로 나 있는 길. 2. 다른 것에 가려서
　　관심을 끌지 못하는 쓸쓸한 생활이나 처지.

또라지다 남을 대하는 데 거리낌이 없고 버릇이 없다.

똘박하다 또랑또랑하다. 또는, 똑똑히 박혀 있다.

뚱그레지다 둥그렇게 되다. '둥그레지다'보다 센 느낌을 준다.

뜨게부부(뜨게夫婦) 정식으로 결혼을 하지 않고, 오다가다 우연히 만
　　나 함께 사는 남녀.

뜸마을 몇 집씩 모여 있는 작은 마을.

모꼬지 놀이나 잔치 또는 그 밖의 일로 여러 사람이 모이는 일.

목울음 목이 잠긴 채 우는 울음.

무춤서다 (놀라거나 열적어서) 문뜩 서다.

물맞이 1. 병을 고치기 위하여 약수를 마시거나 그 약수로 몸을 씻음. 또는 그런 일. 2. 유둣날 부녀자들이 약수나 폭포 밑에서 물을 맞음. 또는 그런 풍속.

바자위다 성질이 (빈틈없고) 깐깐하여 너그러운 맛이 없다.

밭틀 1. 밭이 있는 어느 구획이나 지역. 2. 밭틀에 난 길.

배스름하다 거의 비슷한 듯하다.

뱀뱀이 예의범절이나 도덕에 대한 교양

별밭 많은 별이 총총하게 뜬 밤하늘을 밭에 비유하여 이르는 말.

볼그무레하다 아주 엷게 볼그스름하다.

사느랗다 1. 물체의 온도나 기온이 약간 찬 듯하다. 2. 갑자기 놀라거나 무서워 약간 찬 기운이 느껴지는 듯하다.

사랫길 논밭 사이로 난 길.

산둘레 산의 언저리.

산물 샘구멍에서 솟아 나오는 맑은 물.

살피꽃밭 건물, 담 밑, 도로 따위의 경계선을 따라 좁고 길게 만든 꽃밭. 외관상 앞쪽에는 키가 작은 꽃을, 뒤쪽에는 키가 큰 꽃을 심는다.

삼이웃(三이웃) 이쪽저쪽의 가까운 이웃.

상앗대질 '삿대질'의 본말.

새무룩하다 1. 마음에 못마땅하여 별로 말이 없고 얼굴에 언짢은 기색이 있다. 2. 날이 흐려 그늘지다.

새물내 빨래하여 이제 막 입은 옷에서 나는 냄새.

새청맞다 목소리가 날카롭고 새되다.

새치름하다 1. 쌀쌀맞게 시치미를 떼는 태도가 있다. 2. 짐짓 쌀쌀한 기색을 꾸미다.

서푼서푼 소리가 나지 아니할 정도로 잇따라 거볍게 발을 내디디며 걷는 모양. '서뿐서뿐'보다 거센 느낌을 준다.

석죽다 기운이나 기세가 완전히 꺾이다.

성긋이 눈과 입을 천연스럽게 움직이며 소리 없이 가볍게 웃는 모양.

손돌이추위 음력 시월 스무날께의 심한 추위.

솔가리 1. 말라서 땅에 떨어져 쌓인 솔잎. 2. 소나무의 가지를 땔감으로 쓰려고 묶어 놓은 것.

솔골짝 작은 골짜기. 여기서 '솔'은 '작은 것'을 뜻한다.

수꿀하다 무서워서 몸이 으쓱하다.

수럭수럭 말이나 행동이 씩씩하고 시원시원한 모양.

시치름하다 1. 짐짓 꽤 태연한 기색을 꾸미다. 2. 시치미를 떼고 꽤 태연한 태도로 있다.

실골목 좁고 가느다란 골목.

싸다듬이하다 매나 몽둥이로 함부로 때리다.

싸목싸목 동작이나 태도가 급하지 아니하고 느리게.

쌍클하다 몹시 언짢아하여 성을 내는 기색이 있다.

아령칙하다 기억이나 형상 따위가 긴가민가하여 또렷하지 아니하다.

아칫거리다 어린아이가 이리저리 위태롭게 걸음을 떼어 놓다.

안길 안쪽으로 난 길. 흔히 동네 안쪽으로 이어져 동네 안의 구역을 연결하는 길을 이른다.

안추르다 1. 고통을 꾹 참고 억누르다. 2. 분노를 눌러서 가라앉히다.

애면글면 몹시 힘에 겨운 일을 이루려고 갖은 애를 쓰는 모양.

애옥살이 가난에 쪼들려서 애를 써 가며 사는 살림살이.

애잡짤하다 가슴이 미어지듯 안타깝다. 또는, 안타까와서 애가 타는 듯하다.

야드르르하다 반들반들 윤기가 돌고 보드랍다.

얄나다 야살스럽게(얄망궂고 되바라지게) 신바람이 나다.

어간재비 1. 사이에 칸막이로 둔 물건. 2. 키가 크고 몸집이 큰 사람을 놀림조로 이르는 말.

어마지두 무섭고 놀라서 정신이 얼떨떨한 판.

억척보두 심성이 굳고 억척스러운 사람.

얼뚱아기 둥둥 얼러 주고 싶은 재롱스러운 아기.

엄발나다 행동이나 태도가 남들과 다르게 제 마음대로 빗나가다.

엄부럭 어린아이처럼 철없이 부리는 억지나 엄살 또는 심술.

엄장하다(嚴壯하다) 1. 몸을 가지는 태도가 엄하고 장하다. 2. 몸집이 크고 씩씩하다.

에움길 굽은 길. 또는 에워서 돌아가는 길.

여낙낙하다 1. 성품이 곱고 부드러우며 상냥하다. 2. 미닫이 따위를 열거나 닫을 때에 미끄럽고 거침이 없다.

오복조르듯하다 몹시 조르다.

옴포동이 살이 올라 보드랍고 통통한 아이.

왕배덕배 이러니저러니 하고 시비를 가리는 모양.

음전하다 말이나 행동이 곱고 우아하다. 또는 얌전하고 점잖다.

자드락길 나지막한 산기슭의 비탈진 땅에 난 좁은 길.

잔즐거리다 입가에 웃음을 약간 떠올리며 자꾸 웃다.

재빼기 재의 맨 꼭대기. 잿마루.

점방(店房) 가게로 쓰는 방.

조붓하다 조금 좁은 듯하다.

조쌀하다 늙었어도 얼굴이 깨끗하고 맵시 있다.

졸가리 1. 잎이 다 떨어진 나뭇가지. 2. 사물의 군더더기를 다 떼어 버린 나머지의 골자.

죽살이치다 어떤 일에 모질게 힘을 쓰다.

중패질하다 몸을 자꾸 움츠렸다가 폈다가 하다.

직수굿하다 저항하거나 거역하지 아니하고 하라는 대로 복종하는 데 가 있다.

진동걸음 바쁘거나 급해서 몹시 서두르며 걷는 걸음.

진지리꼽재기 진저리가 날 정도로 성질이 꼿꼿하고, 자잘한 것까지 따지는 사람.

쨍볕 몹시 뜨겁게 내리쬐는 햇볕.

채마머리(菜麻머리) 채마밭 이랑의 한쪽 끝. 사람이 자주 출입하는 쪽을 이른다.

천산지산하다(天山地山하다) 1. 이런 말 저런 말로 많은 핑계를 늘어놓다. 2. 갖가지로 엇갈리고 뒤섞이어 갈피를 잡지 못하다.

초강초강하다 얼굴 생김새가 갸름하고 살이 적다.

츠렁바위 험하게 겹쌓인 큰 바위.

크렁하다 눈물이 눈가에 넘칠 듯이 그득하다.

터앝 집의 울안에 있는 작은 밭.

톳나무 큰 나무.

팥죽땀 호되게 고통을 겪을 때 끊임없이 흘러내리는 땀.

포달 암상이 나서 악을 쓰고 함부로 욕을 하며 대드는 일.

푸새다듬 논밭에 난 잡풀을 뽑거나 베어내는 일. '푸새'는 산과 들에
　　저절로 나서 자란 풀을 두루 일컫는 말.

풀세다 고분고분하지 않고 팔팔하고 억세다.

풀치다 맺혔던 생각을 돌려 너그럽게 용서하다.

피그시 소리는 내지 않고 얼굴만 살짝 움직여 웃는 모양을 나타내는 말.

할기시 은근히 한 번 할겨 보는 모양.

허부죽하다 입을 크게 벌리어 능청스러운 표정으로 한 번 웃다.

허불며떠불며 '허둥지둥'의 비표준어.

헌들헌들하다 키가 헌칠하고 곧다.

헤무러지다 날씨 따위가 궂어서 어두워지다.

흔들바람 풍력 계급 5의 바람. 10분간의 평균 풍속이 초속 8.0~10.7
　　미터이며, 잎이 무성한 작은 나무가 흔들리고, 바다에서는 작은
　　물결이 인다.